RAINER M. SCHRÖDER

Privatdetektiv Mike McCoy

Heißes Eis

Sein zweiter Fall

Schneider-Buch

Inhalt

Schweigsam wie ein Grab

Henry Van Haalen lehnte sich in seinem schwarzledernen, maßgefertigten Schreibtischsessel nach vorn und fixierte Al Sheppard mit durchdringendem Blick. Ein kaltes Feuer schien in seinen eisblauen Augen zu lodern.

„Es gibt nur einen einzigen Weg, um jegliches Risiko ein für alle Mal auszuschalten“, erklärte Henry Van Haalen, der fünfunddreißigjährige Chef der Diamantenfirma *Diamond Enterprises* in San Francisco. Seine Stimme war leise und doch so schneidend wie ein Rasiermesser. „Earl Vernon muß zum Schweigen gebracht werden!“

Al Sheppard, knapp zwanzig Jahre älter als sein Gegenüber, nickte kaum merklich, ließ sich jedoch Zeit mit seiner Antwort. Seit er mit achtzehn bei einem schlecht geplanten und amateurhaft ausgeführten Raubüberfall seinen besten Freund verloren hatte und selbst nur um Haaresbreite der Polizei entkommen war, hatte er es sich zur eisernen Gewohnheit gemacht, keine unbedachten Äußerungen von sich zu geben und schon gar keine vorschnellen Entscheidungen zu treffen.

Obwohl sich Henry Van Haalen in der Vergangenheit schon des öfteren der besonderen Talente von Al Sheppard bedient hatte, deutete er sein Zögern diesmal falsch. „Wenn Ihnen der Job zu heiß ist, sagen Sie es besser jetzt gleich. Noch können Sie aussteigen, Al!“ sagte er scharf.

Al Sheppards Gesicht blieb ausdruckslos. Mit fast aufreizender Gelassenheit zündete er sich eine Zigarette an, blies das Streichholz aus und schnippte es in den vergoldeten Aschenbecher, der vor Henry Van Haalen auf dem Schreibtisch stand.

„*Wie* schweigsam?“ fragte er schließlich.

Henry Van Haalen gab sich Mühe, seine Erleichterung nicht zu zeigen. Seine Beziehungen zur Unterwelt waren beschränkt. Und Al Sheppard war der einzige, dem er absolut vertrauen konnte.

„Schweigsam wie ein Grab, wenn Sie verstehen,

was ich meine", antwortete Henry mit einem gemeinen Lächeln. „Ist das machbar, Al?"

„Alles ist machbar", erwiderte Al Sheppard achselzuckend. „Es kommt darauf an, wieviel man zu investieren bereit ist."

Henry Van Haalen zog eine Schreibtischschublade auf, holte einen dicken Briefumschlag hervor und warf ihn Al Sheppard zu. „Genügt das?" wollte er wissen. „Es sind fünfzigtausend Dollar."

Al warf einen Blick in den Umschlag. „Mit fünfzig Riesen kann man schon was anfangen", sagte er zögernd.

„Gerade begeistert klingt das nicht."

Wieder zuckte Al Sheppard mit den Achseln. „Sie wollen Earl Vernon aus dem Weg haben. Okay, für fünfzig Riesen können Sie das bekommen. Aber wenn Sie noch mal die Hälfte drauflegen, besorge ich Ihnen einen erstklassigen Profi von außerhalb. Chicago – oder besser noch Miami."

„Fünfundsiebzigtausend Dollar für einen einzigen lausigen Schuß?" rief Henry Van Haalen unwillig. „Dafür könnte man ja eine ganze Armee anheuern!"

Al Sheppard ließ die Zigarette im linken Mundwinkel baumeln und erlaubte sich die Andeutung eines spöttischen Lächelns. „Sicherlich, eine ganze Armee von Nieten", korrigierte er ihn mit ironischem Unterton. „Nieten, die den Job garantiert vermasseln und Ihnen im Handumdrehen die Bullen auf den Hals hetzen, weil sie ein Stoppschild übersehen haben oder aber mit abgelaufenen Nummernschildern durch die Gegend kutschiert sind. Nieten, die schon beim Anblick eines Polizisten zu singen anfangen wie die Nachtigall im Frühling. Solche Figuren, die sogar mit dem Ballermann zum Einkaufen gehen, bekommen Sie natürlich für zweitausend aufwärts und..."

„Schon gut, schon gut!" Henry Van Haalen preßte die Lippen zu einem schmalen Strich zusammen und holte ein zweites Kuvert aus der Schublade. „Ich habe nicht vor, mit Ihnen zu feilschen. Sie sollen Ihre fünfundsiebzigtausend Dollar bekommen!" „Das Geld ist nicht für mich bestimmt“, sagte Al Sheppard und machte ihm klar, daß er für solch einen Auftrag wohl nicht der richtige Mann war. „Ich stelle nur die Verbindungen her und gebe das Geld weiter. Betrachten Sie mich in diesem Fall als Vermittler.“

„Und wie hoch veranschlagen Sie Ihre Vermittlerdienste, Al?“ fragte Henry Van Haalen trocken.

Al Sheppard blickte sich ruhig im feudal eingerichteten Chefbüro um, das sich im obersten Stock eines atemberaubenden Wolkenkratzers von San Francisco befand. „Ich denke, fünfzehntausend sind ein angemessener und fairer Preis“, sagte er dann.

Schweigend legte Henry Van Haalen drei kleine Geldbündel zu je fünftausend zu den beiden Umschlägen. „Ich möchte, daß die Angelegenheit so schnell wie möglich erledigt wird“, verlangte er. „Ich kann Earl Vernon nicht mehr lange hinhalten mit meinen Ausreden. Sie haben nicht mehr als zwei, drei Tage Zeit. Und noch etwas: Ihr Mann soll sich auch um das Mädchen kümmern. Aber bloß keine Schlagzeilen, verstanden! Ihr Typ aus Chicago oder Miami soll sich etwas einfallen lassen."

„Ich schlage vor, daß wir uns erst um Earl Vernon kümmern", antwortete Al Sheppard mit dezentem Widerspruch. „Vernon könnte mißtrauisch werden und untertauchen, falls gerade *ihr* jetzt etwas zustößt. Und das wäre wohl das Schlimmste, was Ihnen passieren könnte, nicht wahr?"

Henry Van Haalen furchte die Stirn. Al Sheppards Einwand hatte etwas für sich. Doch irgendwie wurde er das dumpfe Gefühl nicht los, als hätte Al noch einen anderen Grund, weshalb er das Mädchen vorerst noch zu verschonen gedachte. Doch was seine geheimen Beweggründe auch sein mochten, sie waren im Augenblick ohne Bedeutung.

„Gut, veranlassen Sie alles Nötige", sagte er schließlich. „Schaffen Sie mir die beiden vom Hals. Für immer. Wie Sie das anstellen, interessiert mich nicht. Ich denke, Sie haben mich verstanden."

„Voll und ganz", versicherte Al Sheppard und drückte seine Zigarette im Ascher aus. Er erhob sich, strich sein zerknittertes Sommerjackett glatt und nickte Henry Van Haalen kurz zu, bevor er die Chefetage verließ.

Als er mit dem Aufzug hinunter in die Tiefgarage fuhr, lächelte er spöttisch, als er an die fünfzehntausend Dollar dachte. Henry Van Haalen war ein Narr, wenn er glaubte, er, Al Sheppard, würde sich damit begnügen. Dies war die Chance seines Lebens! Und wenn alles so lief, wie er es sich zurechtgelegt hatte, würde für ihn bei diesem Job mindestens eine Million herausspringen. Eine Million Dollar!

Dynamit in den Fäusten

Schwer angeschlagen taumelte Rex „King" Carlton durch den Ring. Verzweifelt versuchte er, sich über die letzten fünfzehn Sekunden der dritten Runde in diesem Schwergewichtskampf hinwegzuretten. Doch Jimmy „Tiger" Jones setzte mit präzisen Kombinationen nach, nagelte seinen erschöpften Gegner an den Seilen fest und durchbrach dessen Deckung. Rex „King“ Carlton schwankte bedenklich.

Ohrenbetäubendes Gejohle und Gepfeife brandete durch das Coliseum von San Francisco. Tausende von Boxfanatikern vereinigten sich zu einem mächtigen Sprechchor und feuerten ihren Favoriten Jimmy „Tiger“ Jones an, Carlton doch den Rest zu geben und ihn endlich auf die Matte zu schicken.

Noch sieben Sekunden bis zum Rundengong.

Wie ein nasser Sack hing „King“ in den Seilen. Als er sich mit letzter Kraft auf seinen Gegner warf und ihn durch Klammern daran hinderte, ihn niederzuschlagen, lösten Buhrufe die anfeuernden Sprechchöre ab.

Der Schiedsrichter versuchte die beiden Boxer zu trennen. Und dann kam der für „King“ erlösende Rundengong, der ihn vor dem Niederschlag rettete. Benommen wankte er in seine Ecke und sank mit glasigem Blick auf den Hocker.

„Ich denke, das genügt", meinte Mike McCoy und stieß seinen Freund Luciano Manzoni, Lukky mit Spitznamen, an. „Den Rest können wir uns ja wohl schenken."

„Das kann doch nicht dein Ernst sein, Mike!" Aufgeregt schob Lucky eine Handvoll Popcorn in den Mund. „Das hier ist ein Zehn-Runden-Kampf..."

„Soll das ein Witz sein?" fiel Mike McCoy ihm sarkastisch ins Wort. „Carlton ist erledigt. Er kann ja kaum noch links von rechts unterscheiden. Er wird das Ende der vierten Runde nicht mehr stehend erleben."

„Wie kannst du so etwas sagen! Du hast fünfzig Dollar auf Carltons Sieg gewettet!" hielt Lucky ihm entrüstet vor.

Mike McCoy verzog das Gesicht. „Ja, und wer hat mir das aufgeschwatzt, mein lieber Freund? Du! Du hättest mich besser nicht daran erinnert. Ich weiß noch genau, was für Sprüche du von dir gegeben hast: ‚Carlton ist ein todsicherer Tip! Der schickt diesen müden, lendenlahmen Tiger schon in der ersten Runde geradewegs durchs

Hallendach!‘ So hast du doch getönt, nicht wahr?“

„Dieses Zurückweichen ist doch bloß ein gerissener Trick von Carlton“, erklärte Lucky mit wenig Überzeugungskraft. „Du wirst sehen, gleich kommt er wie eine geballte Ladung Dynamit aus der Ecke geschossen und rammt diesen Jones ungespitzt in den Boden!“

Mike McCoy erhob sich und zerrte Lucky mit hoch. „Mach dir und mir nichts vor. Carlton ist keine geballte Ladung Dynamit, sondern ein Blindgänger. Und ich habe nicht vor, mir diese drittklassige Schlägerei bis zum blutigen Ende anzusehen. Carlton liegt gleich auf der Matte, und dann ist hier auf den Gängen und draußen auf dem Parkplatz die Hölle los. Komm schon, ich habe nicht die geringste Lust, eine halbe Stunde im Schrittempo über den Parkplatz zu kriechen.“

Lucky folgte ihm, wenn auch nicht ohne Protest. „Drittklassige Schlägerei! Mike, du verstehst so viel vom Boxen wie meine Mutter vom Pokern!“ rief er empört, als sie sich zu einem der

Mittelgänge durchzwängten. Dabei gestikulierte er mit seinem Popcornbecher wild in Richtung Ring. „Da... Sieh dir das an! Ich sagte dir doch, daß der Bursche Dynamit in den Fäusten hat!"

McCoy drehte sich um und blickte zum Ring hinüber, wo nun die vierte Runde begann. Rex „King" Carlton machte wirklich den Eindruck, als wollte er seinem Gegner nun endlich einen richtigen Kampf liefern. Vehement griff er an. Doch alles, was er damit bewirkte, waren Luftwirbel, denn Jimmy „Tiger" Jones duckte sich reaktionsschnell unter den Schlägen hinweg und konterte augenblicklich.

Und diesmal war Carlton reif. Jones erwischte ihn mit einem sauberen Uppercut, und er ging zu Boden. Der Ringrichter beugte sich zu ihm hinunter und zählte ihn an, während die Zuschauer vor Begeisterung tobten.

„Ja, ich hab's gesehen", meinte McCoy spöttisch. „Du mußt Jones gemeint haben, als du von Dynamit in den Fäusten gesprochen hast."

„Das war ein Foul!" erregte sich Lucky. „Ein ganz mieser Tiefschlag!"

„Seit wann zählt ein Treffer auf die Kinnspitze zu den Tiefschlägen?“ fragte McCoy.

„Ach was, der Ringrichter ist parteiisch!“

„Wenn du das sagst, wird es wohl stimmen“, meinte Mike McCoy gelassen. „Aber das ändert auch nichts daran, daß jeder von uns seine fünfzig Dollar in den Kamin schreiben kann. Dabei hätte ich damit die schon längst überfällige Stromrechnung bezahlen können. Himmel, ich weiß wirklich nicht mehr, wie es dir gelungen ist, mich dazu zu bringen, einen halben Hunderter für solch einen Unsinn zu riskieren!“

„Was kann ich dafür, wenn der Ringrichter sich bestechen läßt?“ brummte Lucky mit vollem Mund. „Normalerweise liege ich mit meinen Expertentips immer goldrichtig.“

Expertentips und goldrichtig!

Mike McCoy atmete tief durch und hielt es für klüger, sich eine Erwiderung darauf zu verkneifen. Was Glücksspiele und besonders Wetten betraf, war sein Freund wirklich unverbesserlich.

Lucky Manzoni betrieb im italienischen Viertel von San Francisco, Little Italy genannt, eine kleine Autowerkstatt, der er den bedeutungsvollen Namen *Lucky Manzoni's Happy Garage* gegeben hatte. Er war Anfang Dreißig, von stämmiger, untersetzter Gestalt und hatte dunkles, krauses Haar, durch das mit Kamm und Bürste kaum durchzukommen war. Lebensfrohe, lebhafte Augen lagen unter buschigen Brauen.

Lucky war ein herzensguter und eigentlich äußerst zuverlässiger Freund. Doch wegen seiner fast schon krankhaften Wett- und Spielleidenschaft steckte er ständig in Schwierigkeiten. Immer wieder kam er mit einem angeblich todsicheren Tip an, von dem er das große Glück erhoffte. Natürlich vergeblich! Oder aber er glaubte, mit Hilfe irgendeines neuen verrückten Systems, Würfel und Karten oder Automaten in Spielcasinos überlisten zu können. Daß es solch ein System nicht gab, hielt Lucky schlichtweg für eine Lüge oder bestenfalls für beschämendes Unwissen.

Eigentlich war es ein schlechter Witz, daß sein Spitzname gerade „Lucky" lautete. Andererseits hatte er tatsächlich enormes Glück, wenn man bedachte, daß er bisher immer wieder mit einem blauen Auge davongekommen war. Doch das verdankte er in den meisten Fällen dem entschlossenen Eingreifen seines Freundes, des Privatdetektivs Mike McCoy.

„Beim nächstenmal holen wir unseren Verlust von heute wieder doppelt und dreifach heraus!" versprach Lucky mit der ihm eigenen optimistischen und ein wenig großspurigen Art. Er hielt sich nie lange bei peinlichen Niederlagen auf, sondern wandte sich sofort neuen gewinnversprechenden Unternehmungen zu. „Nimm es nicht so tragisch."

„Ich soll so etwas tragisch nehmen?" erwiderte Mike McCoy grimmig. Wie könnte ich das, Lucky? Was sind denn schon fünfzig Dollar, wenn man für fünfhundert Dollar unbezahlte Rechnungen auf dem Schreibtisch liegen hat, nicht wahr? Ein lächerlicher Tropfen auf den heißen Stein, ist es nicht so?"

Lucky seufzte. „Du hast einfach den falschen Kundenkreis, Mike."

„Manchmal denke ich, das trifft auch auf den Freundeskreis zu“, murmelte McCoy.

„Du mußt dir dicke, dollarschwere Fische an Land ziehen“, fuhr Lucky unbeirrt fort, „und dich nicht für so schäbige Gestalten einsetzen, über denen der Pleitegeier kreist und die sich für deine Arbeit am Schluß mit einem feuchten Händedruck bedanken. Dann könntest du dir auch endlich mal eine anständige Wohnung mitten in San Francisco leisten und müßtest nicht da drüben auf der anderen Seite der Bay auf deinem rostigen Pott hausen.“

„Mein lieber Lucky“, begann Mike McCoy beherrscht. „Dir ist offensichtlich noch nicht ein einziges Mal der Gedanke gekommen, ich könnte möglicherweise ganz gern auf dem ‚rostigen Pott‘, wie du mein Hausboot respektlos zu bezeichnen pflegst, wohnen, nicht wahr? Und was das Wort ‚hausen‘ betrifft, so will ich das überhört haben.“

„Ich glaube, ich sollte deinen Laden mal in die Hand nehmen und dich richtig managen!“ verkündete Lucky.

„Du bleibst besser bei deinen Schraubenschlüsseln und Öltöpfen!“ wies McCoy das Angebot entsetzt zurück.

Lucky zuckte mit den Achseln. „Okay, okay, ganz wie du möchtest“, sagte er großzügig.

Ein kaum merkliches Lächeln zeichnete sich auf dem Gesicht des Privatdetektives ab. Man mußte Lucky so nehmen, wie er war. Und vor allem durfte man nicht jedes seiner Worte auf die Goldwaage legen.

„Was machen wir nun mit dem angebrochenen Abend?“ wollte Lucky wissen, als sie zu McCoys zehn Jahre altem Chevrolet gingen.

Mike McCoy blickte auf seine Uhr. Es war halb zehn. „Wir fahren nach Nob Hill.“

Erstaunt zog Lucky die Brauen hoch. „Nob Hill? Was hast du denn in diesem Nobelviertel zu suchen?“

„Ich habe Jenny versprochen, sie dort gegen elf von einer Party abzuholen, die ein mit ihr befreundeter Rechtsanwalt gibt“, erklärte er. „Wir sind zwar etwas früh dran, aber das kann für uns eigentlich nur von Vorteil sein. Was meinst du?“

Lucky verstand und lachte. „Richtig, unterziehen wir die Bar und das hoffentlich reichhaltige Büfett einer eingehenden Prüfung! Und beehren wir die Gesellschaft auf Nob Hill mit dem seltenen Vergnügen unseres Besuches."

„Wenn man dich hört, könnte man dich fast für gebildet halten", zog McCoy ihn auf.

Lucky zwinkerte ihm zu. „Ich passe mich stets der Qualität der Getränke des Gastgebers an, und wenn mich nicht alles täuscht, können wir auf Nob Hill mit bestem Champagner rechnen!"

Mike McCoy fädelte sich in den nächtlichen Verkehr von San Francisco ein und fuhr in den südöstlichen Teil der Stadt, nach Nob Hill, nahe beim Chinesenviertel Chinatown.

„Sag mal, wie heißt dieser Bekannte von Jenny, der die Party schmeißt, überhaupt?" wollte Lukky wissen. „Vielleicht komme ich in die Verlegenheit, ihm die Hand schütteln zu müssen."

„Vernon... Earl Vernon."

Die Angst im Nacken

Es war kurz vor zehn, als McCoy und Lucky die im viktorianischen Stil erbaute Villa mit den zahlreichen Erkern und Stuckverzierungen an den hohen Decken betraten.

„Das muß ein Heidengeld kosten, solch einen Kasten zu unterhalten“, murmelte Lucky beeindruckt, als sie durch die große Halle schritten. Alte kolorierte Stiche hingen an den Wänden, dicke chinesische Teppiche bedeckten den Boden. Eine herrliche Freitreppe aus dunklem Holz mit kostbarem, handgeschnitztem Geländer führte hoch in die oberen Stockwerke.

„Hier läßt es sich aushalten“, stimmte McCoy seinem Freund zu und hielt Ausschau nach Jennifer Blake.

Earl Vernon war bekannt für seine ausgezeichneten Sommerfeste. Auch diesmal hatte er weder Kosten noch Aufwand gescheut, um die hohen Erwartungen seiner fast hundert Gäste nicht nur zu erfüllen, sondern sie sogar noch zu übertreffen. Und das war ihm wieder einmal gelungen. Das Büfett war einfach überwältigend.

Livrierte Kellner trugen Tabletts mit gefüllten Champagnerkelchen von Raum zu Raum. Draußen, auf der überdachten Terrasse, spielte eine erstklassige Band. Fröhliches Stimmengewirr und Gelächter erfüllten das Haus und auch den Garten, der im farbigen Licht zahlreicher Lampions erstrahlte.

„Jenny läuft uns schon nicht weg, Mike. Feuchten wir erst mal unsere ausgetrockneten Kehlen an“, meinte Lucky aufgekratzt und winkte einen der Kellner heran. „Hier wird dein Löschzug dringend benötigt, Goldjunge!“

Der Kellner in weißer Livree mit goldenen Knöpfen trat mit seinem vollgestellten Silbertablett zu ihnen. „Champagner, Gentlemen?“ fragte er mit der Andeutung einer Verbeugung.

„Worauf du deine Goldknöpfe verwetten kannst!“ meinte Lucky und nahm ein Glas vom Tablett. Auch McCoy bediente sich, und der noch jugendliche Kellner wollte weitergehen.

„Nicht so eilig!“ rief Lucky, hielt ihn mit der rechten Hand am Ärmel fest und kippte den Champagner auf einen Zug hinunter. „Niemand steht auf einem Fuß, nicht wahr?“ Er stellte das leere Glas zurück, nahm ein zweites und trank auch das ohne abzusetzen leer.

McCoy warf ihm einen zurechtweisenden Blick zu.

Lucky kümmerte sich nicht darum und nahm sich ein drittes Glas. „Als stille Reserve, falls sich unsere Wege nicht mehr so schnell kreuzen sollten“, sagte er mit einem breiten Grinsen.

„Sehr wohl, Sir“, erwiderte der Kellner mit ausdruckslosem Gesicht und entfernte sich.

„Bist du noch zu retten?“ fuhr McCoy seinen Freund mit gedämpfter Stimme an. „So einen Champagner kippt man doch nicht einfach runter wie ein Glas Sprudel! Und was soll der Mann denken?“

„Das ist mir egal. Ich brauche ganz einfach eine solide Grundlage, wenn ich mich gleich zum Büfett begebe. Champagner bringt meine Magensäfte so wohltuend in Wallung“, antwortete

Lucky ungerührt.

Mike McCoy schüttelte den Kopf. „Wenn du so weitermachst, gebe ich vor, dich nicht zu kennen!"

„Mike!" rief plötzlich eine Frauenstimme hinter ihnen.

Als sie sich umdrehten, stand Jennifer Blake vor ihnen. „Ist es denn schon elf Uhr?"

McCoy schüttelte den Kopf. „Ich weiß, wir sind etwas früh dran."

„Ach, das macht nichts", sagte Jenny beschwingt. „Schön, daß ihr etwas eher gekommen seid."

Lucky musterte sie und stieß einen leisen Pfiff aus. „Mann, du hast dich ja schwer in Schale geworfen!" sagte er bewundernd.

Jenny lächelte. „Danke."

Sie trug ein schwarzes Seidenkleid mit feiner goldener Paspelierung. Blauschwarzes, gelocktes Haar fiel ihr bis auf die sonnengebräunten Schultern und rahmten ihr zartgeschnittenes Gesicht mit den ausdrucksstarken dunklen Augen ein.

Jennifer Blake war vierundzwanzig und wohnte wie Mike McCoy in Sausalito, einem kleinen Küstenort bei San Francisco, auf einem Hausboot. Sie waren Nachbarn.

Jenny schlug sich mehr schlecht als recht als freie Journalistin in San Francisco durch. Hin und wieder konnte sie eine Story an eine Zeitung verkaufen. Sie wollte sich einen Namen als Journalistin machen und versuchte, mit dem Geld auszukommen, das sie verdiente. Dabei hätte sie das gar nicht nötig gehabt. Ihrem Vater gehörte in Nappa Valley, der berühmtesten Weingegend von Amerika, ein riesiges Weingut, das zu den besten und ertragreichsten zählte. Geld spielte für ihn keine Rolle, und er hatte seinem einzigen Kind stets alle Wünsche von den Augen abgelesen.

Vor knapp zwei Jahren hatte Jenny ihr wohlbehütetes Dasein als Millionärstochter aufgegeben und das Elternhaus verlassen. Sie wollte ihren eigenen Weg gehen, unabhängig sein und beweisen, daß der Reichtum sie nicht verdorben hatte. Mike McCoy hatte anfangs Zweifel an der Ernsthaftigkeit ihres Tuns gehabt, doch mittlerweile hatte sie ihn überzeugt.

„Wie ist das Büfett?“ fragte Lucky sie.

Jenny lachte. „Ausgezeichnet. Aber wie wäre es, wenn ich euch erst einmal Earl Vernon vorstelle?“ schlug sie vor.

„Wenn es nicht zu lange dauert“, murmelte Lucky.

„Ich habe vorhin bei einem Gespräch mit Earl den Eindruck gewonnen, daß er vorhat, deine Dienste in Anspruch zu nehmen“, sagte Jenny zu McCoy, als sie die Freitreppe in den ersten Stock hoch gingen. „Earl ist so ganz anders als sonst.“

„Worum handelt es sich?“ fragte McCoy interessiert. Einen Auftrag von einem offensichtlich so vermögenden Mann wie Earl Vernon konnte er in seiner finanziellen Klemme verdammt gut gebrauchen.

Jenny zuckte mit den Achseln. „Keine Ahnung, das hat er mir nicht gesagt. Aber du wirst es sicherlich von ihm erfahren.“

Sie trafen Earl Vernon in seinem Arbeitszimmer an. Bücherregale aus Kirschholz zogen sich an allen vier Wänden entlang, vom Boden bis zur

Decke. Alte Lederfolianten nahmen eine ganze Wand ein, die anderen Regale enthielten juristische Fachliteratur sowie zeitgenössische Romane, gesammelte Werke berühmter Autoren, Gedichtbände und Nachschlagwerke. Eine Ledersesselgarnitur gruppierte sich rechts von der Tür um einen englischen Butlertisch mit Stehleuchte. Eine große Weltkugel, links von der Tür, zeigte die Erde, wie die britische Admiralität sie vor rund zweihundert Jahren gekannt hatte. Und unter den hohen Fenstern mit den schweren Vorhängen stand ein englischer Schreibtisch im Kolonialstil mit Messingbeschlägen und einer grünen Unterlage.

Earl Vernon saß hinter dem Schreibtisch und sprach zu einer jungen Frau, die nicht älter sein konnte als Jenny.

Earl Vernon war ein knochiger, sehniger Mann Ende Fünfzig mit lichtem grauem Haar und einer energischen Mundpartie. Tiefe Furchen durchzogen sein Gesicht, und hinter einer Brille mit schmaler Goldfassung blickten helle, klare Augen.

„Mister McCoy?“ rief Earl Vernon erfreut, als Jenny sie einander vorstellte. „Es ist mir ein Vergnügen, Sie kennenzulernen. Jennifer hat mir schon viel von Ihnen vorgeschwärmt.“

„So?“ fragte Mike McCoy und blickte Jenny an.

Flammende Röte schoß ihr ins Gesicht und ließ sie noch hübscher aussehen, wie McCoy insgeheim feststellte. „Ich habe nur erzählt, daß du als *Privatdetektiv* so übel gar nicht bist“, sagte sie spitz und stellte schnell Lucky vor.

„Ihr Champagner kommt wirklich nicht von der schlechtesten Rebe“, erklärte Lucky grinsend.

„Das nenne ich ein Kompliment!“ Earl Vernon lachte schallend, doch Mike McCoy entging nicht, daß das Lachen die Augen des Anwalts nicht erreichte. Sie blieben völlig unbeteiligt, ganz so, als wäre die fröhliche Stimmung nur eine mühsam aufrechterhaltene Maske.

„Darf ich Ihnen Miss Stanford vorstellen“, sagte Vernon dann. „Meine liebe Liz, das ist Mister McCoy und sein Freund, Mister Manzoni. Jennifer kennst du ja schon.“

Die junge blonde Frau mit der Pagenfrisur lächelte freundlich und offen. Für ein paar Minuten tauschten sie Höflichkeitsfloskeln aus. Mike McCoy registrierte dabei, daß Elizabeth Stanford sich in der Unterhaltung etwas zurückhielt. Sie machte einen schüchternen, leicht verletzlichen Eindruck.

Lucky hielt es schließlich nicht länger aus. „Wenn Sie mich bitte entschuldigen würden. Ich möchte den Gastgeber nicht beleidigen, indem ich sein Büfett meide“, sagte er.

„Komm, gehen wir auch hinunter, Liz“, schlug Jenny vor.

„Würden Sie bitte noch etwas bleiben?“ bat der Anwalt McCoy.

„Sicherlich.“

Jenny, Liz und Lucky verließen das Arbeitszimmer, und Earl Vernon schloß hinter ihnen die Tür. Mike McCoy wartete geduldig. Er wollte vermeiden, daß es offensichtlich wurde, wie sehr er einen gut zahlenden Kunden brauchte.

„Ein nettes Mädchen, nicht wahr?“ begann der Anwalt schließlich und zündete sich eine

Zigarette an.

„Jenny?" fragte McCoy.

„O ja, Jenny ist ein prächtiges Mädchen!" bestätigte Earl Vernon und ging unruhig vor dem Schreibtisch auf und ab. „Dickköpfig. Ganz wie der Vater. Sind beide aus demselben harten Holz geschnitzt… Aber nein, ich meinte Liz."

Mike McCoy wußte nicht, was er erwidern sollte. „Ich kenne Miss Stanford nicht länger als fünf Minuten. Aber sie macht wirklich einen netten Eindruck."

Earl Vernon rauchte nervös und schien ihn gar nicht gehört zu haben. „Der Vater von Liz war ein guter Freund von mir. Vor nicht ganz einem Jahr ist Sam gestorben. Herzversagen. Von heute auf morgen. Schrecklich für Liz…, aber sonst kein schlechter Tod", murmelte er.

Mike McCoy saß mit seinem noch halb vollen Champagnerglas in der Hand in einem der bequemen Ledersessel und hörte mit höflicher Aufmerksamkeit zu. Er wußte, daß der Anwalt früher oder später schon die Sprache auf das bringen würde, was ihn bewegte.

Earl Vernon redete über seinen alten verstorbenen Freund Sam und blieb dann plötzlich stehen. Er musterte den Privatdetektiv. Von Jenny wußte er schon, daß McCoy Anfang Dreißig war. Und er sah gut aus. Das Haar war von der Sonne blond gebleicht, und blaue, wachsame Augen beherrschten das markante Gesicht, dessen Lachfältchen in den Augen- und Mundwinkeln Humor verrieten. Doch ein guter Beobachter konnte aus den Gesichtszügen auch die eiserne Entschlossenheit herauslesen, die in McCoy steckte. Seine sportlich schlanke Figur ließ erkennen, daß er auch viel von physischer Kondition hielt.

„Ich habe in der Zeitung gelesen, daß Sie den Navarra-Ring aufgedeckt haben, Mister McCoy. Jenny hat mir den Artikel, den sie darüber veröffentlicht hat, überlassen. Und sie hat mir gesagt, daß Sie ihr verboten hätten, Ihren Namen in diesem Bericht zu nennen. Warum?"

„Die Antwort ist ganz einfach, Mister Vernon. Aus Selbstschutz", erklärte McCoy. „Erstens hat Johnny Navarra genug Freunde, die auf die Idee kommen könnten, ihn zu rächen – und ich wecke ungern schlafende Raubtiere. Und zweitens hat solch eine Publicity oftmals den negativen Effekt, daß man mit merkwürdigen Anrufen und Angeboten eingedeckt wird. Es gibt genügend reiche Leute, die der Meinung sind, sie brauchten einen Privatdetektiv mit Schlagzeilen, um ihre Ehepartner des Ehebruchs überführen zu können. Und das ist nun wirklich nicht mein Gebiet."

Earl Vernon nickte verstehend. „Sie gefallen mir, Mister McCoy. Ich brauche jemanden wie Sie, der Erfahrung im Umgang mit gefährlichen Burschen hat."

„Wie soll ich das verstehen?" fragte McCoy interessiert. „Beabsichtigen Sie, mich im Zusammenhang mit einem Ihrer Fälle zu engagieren, die Sie als Anwalt bearbeiten?"

„Ja, so könnte man sagen."

„Gut, ich höre."

„Tja, wenn ich nur wüßte, wo ich anfangen soll", sagte der Anwalt mit einem Anflug von Verzweiflung in der Stimme.

„Es mag trivial klingen, aber am besten mit dem Anfang“, schlug McCoy vor.

„Es ist eine lange Geschichte, Mister McCoy, eine sehr lange Geschichte, die vor über zwanzig Jahren in einem anderen Kontinent begonnen hat“, sagte Earl Vernon bedrückt. „Ich habe eine unverzeihliche Dummheit begangen, und unverzeihlich wird sie auch bleiben, ganz egal, was ich jetzt auch unternehme. Aber ich hoffe, daß es noch nicht zu spät ist, das Schlimmste zu verhindern. Und dafür brauche ich Sie!“

„Ich bin gern bereit, für Sie tätig zu werden“, sagte Mike McCoy. „Doch Sie werden verstehen, daß ich zumindest einen groben Überblick über das erhalten muß, was möglicherweise auf mich zukommt. Wie wäre es, wenn Sie mir nun konkret erzählen würden, um was für eine unverzeihliche Dummheit es sich handelt?“

„Sicher, sicher“, erwiderte Earl Vernon nervös. „Entschuldigen Sie meine Sprunghaftigkeit. Natürlich, Sie erwarten Fakten von mir, keine Selbstanklagen. Nun..., Liz – Miss Stanford – spielt in dieser Geschichte...“

Lautes Gelächter näherte sich auf dem Flur dem Arbeitszimmer. Im nächsten Moment wurde die Tür geöffnet, und eine Gruppe von sechs, sieben beschwingten älteren Damen strömte ins Zimmer.

„Hier also verkriechst du dich!“ rief eine der juwelenbehängten Damen mit gespielter Empörung und hängte sich besitzergreifend bei Earl Vernon ein. „Es kommt gar nicht in Frage, daß du dich bei deinem eigenen Sommerfest so rar machst, mein Lieber.“

„Rosa, bitte! Ich habe eine wichtige Besprechung!“

„Das hat bestimmt Zeit bis morgen!“ erklärte Rosa resolut und zog ihn aus dem Zimmer.

Gequält blickte Earl Vernon zu Mike McCoy hinüber. „Es tut mir leid. Wir werden das Gespräch wohl auf morgen verschieben müssen“, entschuldigte er sich. „Vielleicht ist das heute wirklich nicht der richtige Zeitpunkt dafür.“

„Jetzt nimmst du endlich Vernunft an!“ rief Rosa.

„Ich habe bis zum frühen Nachmittag Gerichtstermine", sagte Earl Vernon zu McCoy gewandt.

„Ich lasse Ihnen meine Karte hier", erwiderte McCoy und reichte ihm seine Visitenkarte. „Rufen Sie mich an und teilen Sie mir mit, wann es Ihnen am besten paßt."

„Das tue ich!" versicherte der Anwalt. „Aber, bitte, halten Sie sich den Nachmittag frei! Ich muß unbedingt mit Ihnen sprechen. Unbedingt, verstehen Sie mich!" Furcht flackerte in seinen Augen.

„Ich werde Ihren Anruf erwarten!" versprach McCoy und fragte sich im stillen, was wohl der Grund für die nur mühsam unterdrückte Angst des Anwaltes sein mochte.

Ein merkwürdiger Einbruch

„Wie wäre es, wenn wir langsam aufbrechen würden?" fragte Jenny eine gute Stunde später. „Ich muß morgen in aller Herrgottsfrühe etwas für eine Story recherchieren."

„Von mir aus können wir sofort los", meinte Mike McCoy.

„Hast du was dagegen, wenn wir Liz mitnehmen? Sie wohnt nur ein paar Blocks von hier. Sie braucht sich dann kein Taxi zu suchen."

„Selbstverständlich. Wartet draußen beim Wagen. Ich muß nur sehen, wo Lucky geblieben ist", sagte McCoy und machte sich auf die Suche nach seinem Freund.

Lucky hielt sich weder an der Bar auf, noch war er unter den Gästen anzutreffen, die sich an der langen Büfettafel drängten. Und das machte McCoy stutzig. Eigentlich war es gar nicht Luckys Art, solche Gelegenheiten, wo man sich nach Herzenslust bedienen konnte, nicht bis zur Neige auszuschöpfen.

McCoy trat auf die Terrasse hinaus, fand Lucky aber auch nicht unter den Paaren auf der Tanzfläche, was ihn allerdings nicht wunderte, da Lucky nichts vom Tanzen hielt. Als McCoy aber in einer Ecke des Gartens eine Männergruppe versammelt sah, die irgend etwas fasziniert beobachtete, befiel ihn plötzlich eine dunkle Ahnung.

Als er näher kam, hörte er anfeuernde Rufe, die er nicht zu deuten wußte.

„Nun spring schon, Blitz!"

„Zum Teufel, schwing die Hufe!"

„Blitz?" amüsierte sich eine Stimme. „Du hättest ihn besser Schlafmütze getauft, Cliff!"

„Sehr gut, Cäsar! Noch einen Satz!"

Das war unverkennbar Luckys Stimme. Im nächsten Moment ging ein unterdrückter Aufschrei durch die kleine Männergruppe. Einige der Männer fluchten auf Blitz, und andere bejubelten Cäsar.

Mike McCoy drängte sich durch die Gruppe und starrte einen Moment verblüfft auf das, was vor seinen Augen lag. Zwei Reihen aus leeren Wein- und Champagnerflaschen bildeten eine knapp zwei Meter lange Allee auf dem Rasen. An einem Ende der Flaschen-Allee stand ein flacher Pappkarton, und am anderen Ende war eine Schnur gespannt. Lucky stand mit einer Handvoll Geldscheinen da und schob gerade eine braune, fingerlange Grille unter den umgestülpten Karton. „Gentlemen, suchen Sie sich Ihre neuen Favoriten, oder setzen Sie auf die bewährten Gladiatoren Blitz, Grüner Teufel und Rokket. Neues Spiel, neues Glück! Cäsar nimmt jede Wette an. Vier zu eins, daß er auch diesmal wieder als erster durchs Ziel geht! Kommen Sie, kommen Sie, die Nacht ist noch jung, und eine lahme Grille macht noch keinen verlorenen Sommer!"

„Lucky!" rief McCoy scharf.

Lucky blickte überrascht auf und strahlte den Privatdetektiv an. „Einen Augenblick, Gentlemen, die Arena ist gleich wieder geöffnet!" verkündete er wie ein Anreißer auf einem Zirkusplatz und ging mit McCoy ein wenig abseits.

„Bist du verrückt geworden?" fragte McCoy ihn entgeistert. „Was soll der Unsinn?"

„Unsinn? Das ist ein ehrlicher Wettkampf!" verteidigte sich Lucky. „Jeder kann seine eigene Grille, die er in den Büschen fängt, in diesem Rennen einsetzen und gegen meinen Cäsar wetten. Aber Cäsar schlägt sie alle."

„Mein Gott, du bist unverbesserlich."

„Das ist der Hit des Abends!" versicherte Lukky begeistert.

„Jenny und ich, wir fahren nach Hause. Hör jetzt auf und komm mit", bat McCoy ihn.

„Unmöglich! Cäsar ist in Topform. Der hält noch ein gutes Dutzend Rennen durch. Und die Burschen sind ganz wild auf das Spiel! Mal was anderes als Walzer tanzen und übers Geschäft reden. Nein, fahrt man ruhig ohne mich. Ich komme schon nach Hause. Und morgen kriegst du die fünfzig Dollar plus Aufschlag zurück", versprach Lucky. „Ich hab dich als stillen Partner in meinen florierenden Grillen-Zirkus aufgenommen. Mann, das wird ein Bombengeschäft! Diese Smokingbubis haben das Geld so locker sitzen, als würden sie es zu Hause drucken." Er wedelte mit dem Bündel von Zehnern und Zwanzigern.

„Nun, da sind sie bei Big Lucky an der richtigen Adresse."

„Schon gut, ich weiß, daß jedes weitere Wort bei dir doch bloß auf taube Ohren stößt", sagte

Mike McCoy seufzend. „Sag mal, hast du schon mal von Brutus gehört?"

„Ist das einer von den Gästen?" fragte Lucky zurück.

„Nein. Brutus war derjenige, der zusammen mit Freunden Cäsar in die ewigen Jagdgründe geschickt hat", erklärte McCoy sarkastisch. „Laß dir das eine Warnung sein."

„Wenn jemand eine Grille mit dem Namen Brutus ins Rennen schickt, werde ich schon einen Dreh finden, ihn zu disqualifizieren", erwiderte Lucky verschwörerisch. „Laß das mal meine Sorge sein."

Mike McCoy zuckte nur mit den Schultern und sah mit einer Mischung aus Belustigung und Verständnislosigkeit zu, wie Lucky zu den anderen Männern zurückkehrte und die Wetten entgegennahm.

„Hast du Lucky nicht finden können?" fragte Jenny, die mit Liz Stanford schon vor der Villa wartete.

„Doch, aber er ist beschäftigt... Er beobachtet die Sprunghaftigkeit von Grillen", erklärte

McCoy und beließ es dabei.

Als Liz Stanford auf dem Beifahrersitz Platz nahm, sprang plötzlich ein kleines Rhesusäffchen auf ihren Schoß. „O Gott, wo kommt denn das niedliche Tierchen her?“ rief sie überrascht.

„Das ist Texas, Mikes Maskottchen“, sagte Jenny lachend.

„Texas? Das ist aber ein lustiger Name“, meinte Liz Stanford und kraulte das zutrauliche Äffchen im Nacken. „Hat der Name eine besondere Bedeutung?“

McCoy schmunzelte, während er den Wagen aus der Parklücke lenkte. „Kann man sagen, ja. Vor nicht ganz einem Jahr hatte ich unten in El Paso, Texas, zu tun. Und als ich da eines Abends aus einer mexikanischen Bodega kam, hockte dieser kleine Bursche in meinem Wagen. Er machte sich lautstark bemerkbar, denn er saß direkt auf der Hupe. Der Himmel weiß, wem er weggerannt ist. Habe hinterher erfahren, daß zu der Zeit gerade ein Zirkus in El Paso gastierte. Vielleicht stammt er daher.

Ich habe wirklich alles versucht, den Kleinen

seinem rechtmäßigen Besitzer zurückzugeben. Aber bei Tieren ist das einfacher gesagt als getan. Das Tierheim kam für mich nicht in Frage. Wenn ihn sein Besitzer dort nicht innerhalb von einer Woche abgeholt oder jemand anderes ihn genommen hätte, hätte man ihn eingeschläfert."

„O nein!" stieß Liz Stanford unwillkürlich hervor und preßte Texas an sich.

„Genau der Meinung war ich auch", fuhr McCoy fort. „Das Tierheim fiel also aus, und die Polizei hatte für ihn keine Zelle frei. Mittlerweile hatten wir beide uns schon richtig miteinander angefreundet, und so habe ich ihn dann mit zurück nach San Francisco genommen. Und was lag näher, als ihn Texas zu nennen?"

„Ihm fehlen jetzt bloß noch Cowboyhut und Sporen", scherzte Jenny.

„Da vorne rechts bitte!" sagte Liz Stanford und deutete auf eine kleine Querstraße. „Es ist gleich das dritte Haus auf der rechten Seite."

Mike McCoy bog rechts ab und hielt vor einem prächtigen alten Haus, das um die Jahrhundertwende erbaut sein mußte. Es besaß einen gepflegten Vorgarten und einen Treppenaufgang, der zu beiden Seiten von steinernen Löwen flankiert wurde.

„Es ist sehr nett von Ihnen, daß Sie sich die Mühe gemacht und mich nach Hause gefahren haben, Mister McCoy“, bedankte sich Liz Stanford, als McCoy ihr half, die klemmende Beifahrertür zu öffnen.

„Gern geschehen, aber könnten Sie das ‚Mister McCoy‘ nicht vergessen und sich mit Mike anfreunden?“

Sie lächelte. „Ich denke schon. Darf ich Sie und Jenny noch auf einen Kaffee in mein Haus bitten? Dann könnte ich schon mal üben, Mister Mc… oh… Mike.“

„Das ist schon besser.“

„Sie würden mir einen großen Gefallen tun. Das Haus ist so groß, und seit mein Vater…“ Sie brach schnell ab.

„Gegen einen Kaffee hätte ich nichts einzuwenden“, sagte McCoy. „Aber die Entscheidung liegt ganz bei dir, Jenny. Du bist diejenige, die morgen früh aus dem Bett muß.“

„Ach, so spät ist es nun auch wieder nicht", erwiderte Jenny und stieg aus. Sie nahm Texas auf den Arm und folgte McCoy und Liz die Treppe hoch.

„Ich glaube, ich werde das Haus aufgeben", sagte Liz, als sie aufschloß. „Wenn man allein in solch einer Villa mit so vielen Räumen wohnt, bekommt man auf die Dauer Depressionen."

„Ich würde es nicht verkaufen, sondern vermieten", meinte Jenny.

Liz Stanford wollte etwas erwidern, doch die Worte blieben ihr im Halse stecken. Statt dessen stieß sie einen entsetzten Schrei aus. Ihre Augen weiteten sich, und sie schlug die Hände vor den Mund.

„Mein Gott!" stieß Jenny fassungslos hervor und trat in die Diele, von der aus man einen guten Blick in die angrenzenden Räume hatte. „Hier müssen die Vandalen gehaust haben!"

Mike McCoy war nicht weniger betroffen. Jenny hatte nicht übertrieben. Er hatte schon so manche Wohnung zu Gesicht bekommen, die durchsucht worden war, darunter auch seine eigene. Doch das, was er hier sah, übertraf das alles bei weitem.

In Liz Stanfords Haus sah es so aus, als hätte dort ein Tornado gewütet. Nicht ein Möbelstück stand an seinem gewohnten Platz, alle Bilder waren von den Wänden gerissen, Schränke geöffnet und Schubladen auf den Boden geleert worden. Nicht ein einziges Buch stand mehr in den Regalen, und ein Meer von Glasscherben bedeckte die Teppiche.

Aber das war noch nicht einmal das Schlimmste. Wer auch immer hier eingebrochen war und dieses unglaubliche Chaos verursacht hatte, der hatte sich nicht damit begnügt, alles umzustoßen und zu verrücken. Sämtliche Sessel und die Couch im Wohnzimmer waren mit einem scharfen Messer aufgeschlitzt und die Füllungen herausgezerrt worden.

Liz Stanford stand wie erstarrt da, und dann begann sie zu weinen. „Warum nur?“ schluchzte sie. „Mein Gott, wie... kann... man nur... so... etwas tun!“

„Jenny, kümmere dich bitte um Liz“, raunte

McCoy ihr zu. „Ich werde die Polizei benachrichtigen."

Jenny nickte und legte einen Arm beruhigend um Liz' Schulter, während McCoy zum Telefon ging und das nächste Polizeirevier benachrichtigte.

Zehn Minuten später hielten zwei Polizeiwagen vor dem Haus, und kurz darauf folgten die Männer von der Spurensicherung, die sich sofort an die Arbeit machten.

„So etwas ist mir auch noch nie begegnet", gestand der Kriminalbeamte, der die Untersuchung leitete, ein stämmiger Mann namens Lee Crawton. „Der oder die Einbrecher haben nicht ein einziges Zimmer ausgelassen. Sogar die Badezimmer sind total verwüstet."

„Das ist das Werk eines Verrückten!" rief Jenny in ohnmächtiger Wut. Sie hatte Liz einen stärkenden Cognac eingeflößt.

„Das glaube ich nicht", meinte McCoy und blickte Crawton fragend an.

„Ich bin ganz Ihrer Meinung", sagte der Beamte. „Es sieht mir mehr danach aus, als hätte der

Einbrecher, vielleicht waren es auch mehrere, zielstrebig nach etwas ganz Bestimmtem gesucht. Anders läßt sich nicht erklären, daß zahlreiche sehr kostbare Dinge achtlos liegengelassen wurden. Ich denke da an die kleinen, goldenen Figuren im Wohnzimmer und an das Tafelbesteck aus schwerem Silber. Ein Einbrecher, der auf Beute aus ist, läßt so etwas nicht zurück. Haben Sie eine Ahnung, Miss Stanford, wonach der Einbrecher möglicherweise gesucht hat?"

Liz schüttelte den Kopf und wischte sich die Tränen vom Gesicht. „Nein, ich weiß es nicht, Mister Crawton", murmelte sie. „Ich... ich... verstehe das alles nicht. Was soll man hier bei mir gesucht haben?"

Crawton lachte grimmig auf. „Ja, wenn wir das wüßten, wären wir schon ein gutes Stück weiter." Er zuckte mit den Achseln. „Nun, wir werden die Spuren auswerten, doch ich habe das Gefühl, daß wir keine verräterischen Fingerabdrücke finden werden. Und leider haben die Nachbarn auch nichts Verdächtiges bemerkt. Ich will Ihnen nichts vormachen, Miss Stanford, aber die Chancen, daß wir denjenigen, der für das hier verantwortlich ist, schnappen, sind sehr gering."

Liz Stanford nickte nur.

Mitternacht war schon längst vorbei, als die Polizisten das Haus schließlich verließen.

„Liz, Sie können diese Nacht unmöglich hier bleiben. Das lasse ich nicht zu", sagte Jenny energisch. „Sie kommen mit uns. Ich habe Platz genug auf meinem Hausboot. Und morgen sehen wir weiter."

„Es geht schon", meinte Liz Stanford, die sich mittlerweile von dem Schock erholt hatte. „Ich möchte keinem Umstände bereiten."

„Jenny hat völlig recht", sagte McCoy nun. „Wir lassen nicht zu, daß Sie die Nacht in diesem Chaos verbringen. Und was die Umstände betrifft, so zerbrechen Sie sich mal darüber nicht den Kopf."

Liz Stanford versuchte zu lächeln. „Dann komme ich gerne mit."

„Dann ist ja alles geregelt", sagte Jenny mit betont forscher Stimme und ging mit ihr hoch ins Schlafzimmer, um ein paar Sachen für die nächsten Tage zusammenzupacken. Eine Viertelstunde später waren sie auf dem Weg hinüber nach Sausalito, wo McCoy und Jenny in der Hausbootkolonie lebten.

Während der Fahrt überlegte McCoy, ob zwischen diesem merkwürdigen Einbruch und dem, was Earl Vernon auf dem Herzen hatte, wohl ein unmittelbarer Zusammenhang bestand. Sein Gefühl, das ihn nur selten im Stich ließ, sagte ihm, daß das höchstwahrscheinlich der Fall war. Doch er behielt diese Überlegung für sich. Liz war im Augenblick viel zu verstört, als daß er sie mit Fragen hätte belästigen können.

Doch ein Satz ging ihm die ganze Zeit nicht aus dem Sinn. Was hatte Earl Vernon gesagt? *Ich hoffe, daß es noch nicht zu spät ist, das Schlimmste zu verhindern!*

War es vielleicht doch schon zu spät?

Ein dringender Anruf

Eine sanfte, warme Brise wehte über die große Bucht von San Francisco nach Sausalito hinüber, einem kleinen malerischen Küstenort gegenüber der pulsierenden Großstadt, deren hoch aufragende Wolkenkratzer aus Stahl und Glas sich jenseits der glitzernden Bay klar vor einem blauen, fast wolkenlosen Himmel abzeichneten.

In einer kleinen Bucht von Sausalito lag die Hausbootkolonie, das Paradies für rund tausend Individualisten und auch Zufluchtstätte für einige gescheiterte Existenzen. Ausrangierte Boote, zu schwimmenden Wohnungen umgebaut, mastenlose Segeljachten sowie bizarre Gebilde und kleine Paläste auf Pontons drängten sich hier dicht an dicht im flachen Wasser der Bucht. Und ein geradezu labyrinthisch anmutendes System wackliger Stege führte durch dieses scheinbar chaotische Durcheinander.

Mike McCoys Hausboot, dem er den Namen

Titanic gegeben hatte, lag mitten in diesem Gewirr verankert. Es maß gut zwanzig Meter in der Länge und sechs in der Breite. Eine nicht sehr vertrauenerweckende Reling umgab das Boot mit dem kastenförmigen Aufbau, der die Wohnräume beherbergte. Achtern erhob sich ein kleiner überdachter Ruderstand. Der Anstrich, der einmal aus den schillerndsten Hippie-Farben bestanden und so manche friedfertige Parole der „Blumenkinder von San Francisco" getragen hatte, war längst verblaßt und schon an vielen Stellen abgeblättert.

Mike McCoy und Liz Stanford saßen auf dem flachen Dach der Aufbauten, das McCoy zu einer kleinen Dachterrasse umfunktioniert hatte. Es war früher Nachmittag. McCoy hatte zum Mittag für sie beide ein schnelles Essen aus Hamburgern und Pommes frites zubereitet. Und nun saßen sie beim Kaffee im warmen Sonnenschein.

Liz Stanford hatte die Nacht auf Jennys Boot verbracht, das direkt neben der *Titanic* lag. Es war ein kleiner ausrangierter Fischkutter, den sie

Sunflower getauft hatte. Ein recht passender Name, denn Jennifer Blake hatte das gesamte Oberdeck des Kutters in einen prachtvollen Blumen- und Gemüsegarten verwandelt, auf den sie ganz besonders stolz war. Am Ruderhaus wuchsen viele Riesensonnenblumen, deren sattes Gelb wie Gold im Sonnenschein leuchtete.

Da Jenny schon früh am Morgen nach San Francisco gefahren war, das man schnell mit der Fähre oder über die Golden Gate Bridge von Sausalito aus erreichen konnte, hatte McCoy die Rolle des Gastgebers übernommen, und das mit Freuden.

Ein Anruf bei der Polizei hatte ergeben, daß Lee Crawton mit seiner Vermutung recht gehabt hatte. Die Spurensicherung hatte keine Fingerabdrücke finden können, die sich mit irgendwelchen von denen in ihren Verbrecheralben und Computeraufzeichnungen deckten.

Liz Stanford hatte das mit Fassung aufgenommen, und McCoy war überrascht, wie gut sie das niederschmetternde Erlebnis der letzten Nacht verdaut hatte.

„Wie herrlich friedlich ist es hier", sagte sie nun und ließ ihren Blick über die Bucht schweifen. „Wie sind Sie bloß hierher nach Sausalito gekommen?"

Mike McCoy schmunzelte. „Ich bin in einem kleinen Nest in Kansas aufgewachsen und Mitte der sechziger Jahre als Jugendlicher im Strom der Hippie-Bewegung nach Kalifornien gekommen. Schließlich bin ich hier in San Francisco hängengeblieben. Mann, war das eine verrückte Zeit!" Er lachte in Erinnerung an jene Jahre auf.

„Und wie sind Sie zu diesem Boot gekommen?" wollte Liz Stanford interessiert wissen.

„Es gehörte einem Freund von mir, Scott Kinley", erzählte McCoy. „Er war bei jeder friedlichen Demonstration und bei jedem Open-air-Festival anzutreffen. Damals bewunderte ich ihn wegen seines Idealismus und wegen der Ruhe, die er ausstrahlte. Und dann beschloß der gute Scott eines Tages, Jeans und T-Shirt gegen Anzug und Krawatte einzutauschen und in der großen Versicherungsfirma seines Vaters Karriere zu machen. Als angehender Juniorchef konnte er ja schlecht auf dem Hausboot wohnen bleiben. Tja, so bekam ich *Titanic* buchstäblich für einen Spottpreis. Er wollte den Kahn nur loswerden."

„Das muß eine Enttäuschung für Sie gewesen sein", sagte Liz Stanford mitfühlend.

McCoy zuckte mit den Achseln. „Ja, aber zugleich auch eine wertvolle Erfahrung", erwiderte er und wechselte das Thema. Seit Stunden wartete er schon voller Unruhe auf Earl Vernons Anruf. Und er fühlte nun bei Liz vor, ob sie etwas von dem Auftrag wußte, den der Anwalt ihm möglicherweise erteilen wollte. Nachdem er ihr von seinem gestrigen kurzen Gespräch mit Vernon berichtet hatte, fragte er direkt: „Wissen Sie, was er wohl gemeint haben könnte?"

Eine nachdenkliche Falte bildete sich auf ihrer Stirn. „Nein, tut mir leid, Mike."

„Woher kennen Sie Earl Vernon überhaupt?"

„Über meinen Vater", erklärte Liz bereitwillig. „Mein Vater und Earl waren recht gut befreundet seit ihrer College-Zeit. Dann trennten sich ihre Wege. Earl wurde Anwalt, und mein Vater gründete ein Export-Import-Geschäft mit besonders starken Geschäftsbeziehungen zu einigen südafrikanischen Staaten. Als mein Vater im letzten Sommer völlig unerwartet starb, drei Jahre nach dem Tod meiner Mutter, kümmerte sich Earl sehr um mich."

„Und sonst wissen Sie nichts?" fragte McCoy ein wenig enttäuscht.

Sie schüttelte den Kopf. „Glauben Sie etwa, dieser Einbruch könnte etwas mit dem zu tun haben, was Earl Ihnen erzählen will?"

„Die Antwort auf diese Frage hoffte ich von Ihnen zu bekommen", erwiderte McCoy. „Vielleicht waren es wirklich Vandalen..."

Einen Augenblick lang saßen sie in grübelndem Schweigen da. Jeder hing seinen eigenen Gedanken nach. Plötzlich richtete sich Liz in ihrem Gartenstuhl auf und spähte zu einem der Stege hinüber.

„Wenn mich nicht alles täuscht, bekommen Sie Besuch", sagte sie. „Ich glaube, es ist Ihr Freund."

McCoy blickte auf. Liz hatte recht. Dort kam

Lucky. Er winkte ihnen zu.

„Entschuldigen Sie mich bitte einen Augenblick", sagte der Privatdetektiv und kletterte die schmale Leiter zum Deck hinunter.

„Hi, Mike! Ich sehe, du umgibst dich mit schönen Frauen", begrüßte Lucky ihn mit gedämpfter Stimme. „Falls ich störe, sag es nur. Dann verschwinde ich gleich wieder. Bin ja ein Mann von Welt."

„Liz ist nicht hier, weil ich ihr schöne Augen gemacht habe", erklärte McCoy und schilderte ihm kurz, was ihr widerfahren war.

„Hoffentlich schnappen die Bullen den Hundesohn!" stieß Lucky empört hervor. „Ich glaube, ich sollte mal mit ihr reden. Luckys Trost ist Balsam für jede Frauenseele. Bestimmt!"

„Du läßt Liz schön in Ruhe, hast du mich verstanden? Kein dummes Geschwafel, klar? Erzähl mir lieber, wie die Grillenhopserei ausgegangen ist."

Lucky seufzte. „Es lief ganz blendend, Mike. Cäsar war unschlagbar. Er ist allen davongesprungen. Einmal hat er die Strecke sogar mit nur vier Sätzen geschafft. Das war der absolute Rekord!“

„Dann hast du also die fünfzig Dollar für mich?“ fragte McCoy, obwohl er schon vom Gesicht seines Freundes ablesen konnte, daß dem nicht so war.

„Leider nein. Aber es ist nicht meine und auch nicht Cäsars Schuld gewesen!“ beteuerte er. „Irgendeiner hatte ein ganz gemeines Vieh unter die Teilnehmer gebracht. Es hieß zwar nicht Brutus, aber es war genauso hinterhältig. Es muß Cäsar im Karton beinlahm gemacht haben. Auf jeden Fall verlor Cäsar das letzte Rennen. Und gerade da standen die Wetten auf zehn zu eins.“

„Du hast also das ganze Geld wieder verloren“, stellte McCoy fest.

„Nicht alles, aber der Rest ging für das Taxi drauf“, gab Lucky kleinlaut zu.

Mike McCoy verkniff sich ein Grinsen. „Bei dir stiller Partner zu sein, ist wahrlich nicht das Gelbe vom Ei.“

„Du mußt das nicht so eng sehen“, sagte Lucky hastig. „Ich hab schon wieder eine neue heiße

Sache laufen…“

Das Telefon im Wohnzimmer klingelte und bewahrte McCoy davor, sich anhören zu müssen, in welches Glücksspielabenteuer sich Lucky nun schon wieder zu stürzen gedachte.

„Leiste Liz Gesellschaft, aber spiele bloß nicht den Seelendoktor! Ich bin gleich wieder zurück!“ rief er ihm zu und lief ins Wohnzimmer. Er hoffte, daß es Earl Vernon war und er Texas zuvorkam. Das Rhesusäffchen hatte nämlich die Angewohnheit, beim Klingeln des Telefons zum Apparat zu stürzen, den Hörer abzunehmen und in die Muschel zu kreischen. McCoy war fest davon überzeugt, auf diese Weise schon so manch einen potentiellen Kunden verloren zu haben.

Diesmal war er jedoch schneller als Texas. Er hob ab. „Mike McCoy hier“, meldete er sich.

„Gut, daß ich Sie sofort erreiche!“ sagte eine atemlose Stimme. Es war der Anwalt.

„Ich habe heute schon mehrfach bei Ihnen angerufen.“

„Ich war bei Gericht“, entschuldigte sich Earl

Vernon. „Ich glaube, das sagte ich Ihnen doch gestern schon."

„Stimmt, doch ich dachte, es würde Sie gewiß interessieren, daß gestern nacht jemand ins Haus von Miss Stanford eingebrochen ist."

„Was?!"

„Jemand hat das Haus von oben bis unten durchsucht und dabei unglaublich verwüstet, Sessel und Sofa aufgeschnitten, Bilder zertrümmert und sämtliche Schränke und Schubladen ausgeräumt", berichtete McCoy. „Die Polizei kann sich das Ganze nicht erklären – und Miss Stanford genausowenig. Man nimmt an, daß der Eindringling etwas ganz Bestimmtes gesucht hat."

„Mein Gott", stieß Earl Vernon betroffen hervor. „Es ist meine Schuld. Ich... ich dachte nicht..."

„Was dachten Sie nicht?" fragte McCoy scharf.

„Das kann ich Ihnen nicht am Telefon sagen, Mister McCoy, glauben Sie mir. Ich habe einen schrecklichen Fehler gemacht", sprudelte der Anwalt gehetzt hervor. „Bitte kommen Sie sofort zu mir. Dann erzähle ich Ihnen alles.“

„In Ordnung.“

„Wissen Sie, wo sich Liz jetzt aufhält?“ fragte Earl Vernon.

„Ja, hier bei mir.“

„Sehr gut, bringen Sie sie mit. Liz hat ein Recht, die ganze Geschichte zu erfahren. Um Gottes willen, wenn ich geahnt hätte, daß er vor nichts zurückschreckt, hätte ich die Finger davon gelassen“, sagte der Anwalt verstört. „Bitte beeilen Sie sich. Es ist jetzt eine Sache von Leben und Tod.“

„Wir sind schon auf dem Weg“, antwortete Mike McCoy und legte auf.

Ein Glück, daß Lucky gekommen war... Jenny hatte seinen Wagen, und ein Taxi zu dieser Stunde zu bekommen, war mehr als schwierig.

Totenstille

„Ist es wirklich so eilig, daß du derart rasen mußt?“ fragte Lucky und hielt sich am Haltegriff über der Tür fest, als Mike McCoy den Lincoln die Auffahrt zur Golden Gate Bridge hochjagte und scharf in die Kurve legte.

„Ich rase nicht, ich fahre zügig“, korrigierte McCoy ihn. „Und ich habe das Gefühl, daß wir so schnell sein sollten, wie nur irgend möglich.“

„Es besteht also doch eine direkte Verbindung zwischen dem Einbruch und dem, was Earl uns sagen will“, murmelte Liz Stanford verstört.

„Ja, es sieht so aus“, bestätigte McCoy und hoffte, daß sie nicht im dichten Verkehr steckenblieben. Earl Vernons Stimme am Telefon war voller Angst gewesen. *Eine Sache von Leben und Tod!* So etwas sagt man gewiß nicht leichtfertig, schon gar nicht ein Mann wie Earl Vernon. Es mußte demnach wirklich sehr dringend sein.

Zum Glück kannte McCoy San Francisco mit seinem System von Einbahnstraßen so gut wie sein stets kränkelndes Bankkonto, das ständiger Beobachtung bedurfte. Den zur Büroschluß-Stunde verstopften Hauptverkehrsadern der Stadt wich er geschickt aus und gelangte über einige Seitenstraßen nach Nob Hill – und das in der Rekordzeit von nicht ganz fünfundvierzig Minuten.

McCoy fuhr die Einfahrt hoch und hielt direkt vor dem Portal der Villa.

„Von der Achterbahn hätte mir auch nicht viel schlechter werden können", murmelte Lucky mit etwas grünlicher Gesichtsfarbe und atmete tief durch. „Ich frage mich nur, wo all die Verkehrsstreifen gewesen sind? Bei deiner Fahrweise hättest du für die vielen Strafzettel sicherlich Mengenrabatt bekommen."

„Manchmal habe sogar ich Glück", bemerkte McCoy und stieg aus.

Niemand öffnete ihnen, als sie die Türklingel betätigten. Es war still im Haus, unheilvoll still, wie McCoy fand.

„Das verstehe ich nicht", meinte Liz Stanford mit gerunzelter Stirn. „Weshalb macht er nicht auf? Er erwartet uns doch, nicht wahr?"

„Vielleicht jetzt nicht mehr", erwiderte McCoy düster. „Gehen wir in den Garten. Es kann ja sein, daß eine Terrassentür offensteht."

Die große Glastür, die vom Wohnzimmer

hinaus in den Garten führte, war halb aufgeschoben. Sie gingen ins Haus.

„Mister Vernon?" rief McCoy laut. „Mister Vernon?"

Nichts. Keine Antwort. Totenstille.

„Das gefällt mir nicht", sagte McCoy. „Kommen Sie, sehen wir nach!"

In keinem der unteren Räume fanden sie eine Spur von Earl Vernon. Dann begaben sie sich ins erste Stockwerk. Die Tür zum Arbeitszimmer des Anwalts war nur angelehnt. McCoy stieß sie auf und trat ein.

Das Zimmer schien verlassen, und McCoy wollte sich schon wieder umdrehen, als er hinter der linken Kante des Schreibtisches einen Schuh hervorragen sah.

Sein Magen zog sich unwillkürlich zusammen.

„Lucky!"

„Ja?"

„Warte hier mit Liz!" befahl McCoy scharf und ging um den Schreibtisch herum.

Earl Vernon lag mit dem Gesicht zum Boden auf dem Teppich. Ein häßliches Loch kennzeichnete die Stelle, an der die Kugel, die ihn in die Brust getroffen hatte, im Rücken wieder ausgetreten war.

„Mein Gott, was ist, Mike... was ist mit Earl?" schrie Liz mit sich überschlagender Stimme.

„Tot. Erschossen", antwortete McCoy knapp und kniete sich neben den Anwalt. „Es ist kein schöner Anblick. Bleibt bitte zurück." Vorsichtig drehte er den Körper auf den Rücken. Er fuhr zusammen, als er sah, daß noch Leben in Earl Vernon war. Die Lippen des Anwaltes bewegten sich, als er den Privatdetektiv erkannte.

Mike McCoy beugte sich zu seinem Mund hinunter. Es war ihm kaum möglich, das schwache Gestammel des Sterbenden zu verstehen. „Wer hat auf Sie geschossen, Earl! Hören Sie mich? Wer war es?" rief er eindringlich.

„Zwei... Männer... nie... gesehen...", brachte Earl Vernon nur mühsam und kaum verständlich hervor. „Zwangen... mich... Tresor... alle Papiere... genommen... auch Testament... meine Schuld... wollte zuviel, McCoy."

„Wovon reden Sie?“ Verzweiflung überkam Mike McCoy. Dieser Mann hatte nicht mehr lange zu leben. Es war überhaupt ein Wunder, daß er noch am Leben war. Die Killer mußten ihn für tot gehalten haben. Doch Vernon durfte nicht sterben, ohne vorher sein Geheimnis preiszugeben.

„Passen... Sie... auf... Liz... auf...“, murmelte der Anwalt, der verzweifelt gegen den nahenden Tod kämpfte. Schmerzen verzerrten sein Gesicht. „Sie... dürfen... Liz... nicht töten... Habe für meine Fehler bezahlt... Jeder zahlt für seine Fehler, McCoy...“

„Was für einen Fehler haben Sie gemacht, verdammt noch mal?! Sprechen Sie, Earl! Es bleibt Ihnen nicht mehr viel Zeit! Wollen Sie, daß Ihre Mörder ungeschoren davonkommen? Und in welch einer Gefahr schwebt Liz?“

Der Anwalt versuchte zu sprechen, doch nicht ein Wort kam über seine Lippen. Es war nur noch ein ersticktes Röcheln zu hören, das McCoy eine Gänsehaut verursachte.

„Earl... Um Gottes willen, geben Sie mir einen

Hinweis, mit dem ich etwas anfangen kann!" beschwor Mike McCoy ihn.

„... Haalen ... heißes ... Eis ... Star of Africa..."

Der Anwalt preßte ein jedes dieser Worte hervor, als koste es ihn fast übermenschliche Anstrengung. Plötzlich bäumte sich sein Körper auf. Seine Finger krallten sich in McCoys Hemd. Im nächsten Moment wurden seine Augen starr, und er sackte auf den Teppich zurück.

Earl Vernon war tot.

Der Stern von Afrika

Sergeant Larry Austin von der San Francisco City Police warf einen kurzen, fachmännischen Blick auf den Toten hinter dem Schreibtisch. Er kaute mit grimmigem Gesichtsausdruck auf einer kalten, möhrendicken Zigarre, während der Fotograf von der Spurensicherung neben ihm seine Kameraausrüstung auspackte.

„Das ist ein Fall für den Doc. Beeil dich mit den

Bildern, Jeff, damit der Doc eine erste Untersuchung vornehmen kann", sagte er über die Schulter zum Fotografen. „Du kennst ihn ja. Der Bursche hat's immer eilig, als hätte er Angst, eine Leiche könnte ihm davonlaufen."

„Hatte nicht vor, hier zu übernachten", erwiderte der Fotograf brummig.

Sergeant Larry Austin, ein kleiner dicklicher Mann mit einem rosigen Gesicht, den man leicht unterschätzte, wandte sich nun dem Privatdetektiv zu. „Ich kann nicht gerade behaupten, vor Freude aus dem Häuschen zu sein, Sie hier am Tatort eines Mordes anzutreffen, McCoy."

„Bei mir sind Sie an der falschen Adresse, Sergeant", sagte Mike McCoy gelassen. „Lassen Sie Ihren Ärger an den Mördern aus."

„Ärger? Die Vergangenheit hat gezeigt, daß immer dann mit einer Menge Ärger und Verdruß zu rechnen ist, wenn Sie mit im Spiel sind", nuschelte der Sergeant unwillig, ohne die Zigarre aus dem Mund zu nehmen.

„Bedaure, wenn Sie das so sehen. Aber ich habe mich nicht ins Spiel gedrängt. Zudem weiß ich noch nicht einmal, um was für ein Spiel es sich hier handelt."

„Zumindest beinhalten die Spielregeln Mord", bemerkte Austin trocken.

Sergeant Austin und Mike McCoy kannten sich ganz gut. Denn seit Jahren schon trafen sie aus beruflichen Gründen immer mal wieder aufeinander. Es verband sie zwar keine herzliche Freundschaft, es konnte aber auch nicht von gegenseitiger Abneigung die Rede sein, auch wenn Larry Austins knurriges Verhalten diesen Eindruck erweckte. Vielmehr wurde ihr Verhältnis von einer Mischung aus widerwilligem Respekt und gegenseitigem Mißtrauen bestimmt.

Jeder argwöhnte, daß ihm der andere wichtige Informationen vorenthielt. McCoy, um seine Klienten zu schützen, und Austin, um dem Privatdetektiv einen zu tiefen Einblick in die Polizeiakten zu verwehren.

Außerdem hegte der Sergeant den manchmal wirklich nicht unbegründeten Verdacht, daß es McCoy mit dem Gesetz nicht so genau nahm und sich gelegentlich Freiheiten erlaubte, die ihn seine Lizenz kosten konnten, wenn sie bekannt würden.

„In zehn Minuten hätte ich Dienstschluß gehabt und mich mit einer Sechserpackung Bier vor den Fernseher setzen können", fluchte Austin leise. „Jetzt verpasse ich das Footballspiel, auf das ich mich schon die ganze Woche gefreut habe."

„Ich kann Sie ja anrufen und Ihnen sagen, wie es ausgegangen ist", meinte McCoy spöttisch.

„Lassen wir das. Erzählen Sie mir, was Sie wissen!" forderte Austin ihn auf.

Mike McCoy enthielt ihm diesmal nichts vor, was ihm nicht allzu schwer fiel, da er selbst kaum etwas wußte.

„Mager, sehr mager", sagte Austin mißmutig und blickte zum Wandtresor, den die Killer offensichtlich ausgeräumt hatten. „Und was ist mit dieser Liz Redford?"

„Stanford", verbesserte McCoy ihn.

„Ist sie mit dem Toten verwandt?"

„Nein, nur befreundet. Ihr Vater und Vernon kannten sich vom College her", sagte McCoy.

„Und weiß sie etwas mehr?"

Mike McCoy schüttelte den Kopf. „Sie weiß noch weniger als ich, und das ist, wie Sie selbst gesagt haben, schon sehr mager."

„Nun, ich werde sie trotzdem vernehmen müssen", meinte Sergeant Austin.

„Liz Stanford ist mit meinem Freund unten im Wohnzimmer. Sie hat einen Nervenzusammenbruch gehabt. Ich glaube, Ihr Polizeiarzt hat sich schon um sie gekümmert. Gehen Sie bitte etwas sanft mit ihr um", bat McCoy.

„Für wen halten Sie mich, McCoy? Für King Kong in Uniform?" schnaubte Austin beleidigt.

Sie gingen gemeinsam hinunter ins Wohnzimmer, wo Liz Stanford mit bleichem Gesicht und abwesendem Blick auf der Couch saß. Sie schien überhaupt nicht mitzubekommen, was um sie herum geschah.

„Der Doc hat ihr einen Schuß verpaßt", raunte Lucky ihnen zu. „Sie hat gezittert wie Espenlaub."

Mike McCoy war erstaunt, wie rücksichtsvoll Sergeant Austin mit Liz umging. Doch wie der Privatdetektiv schon vorausgesagt hatte, konnte auch sie ihm nicht weiterhelfen. Es war ihr unbegreiflich, wer Earl Vernon umgebracht hatte und aus welchem Grund das geschehen war.

Sergeant Austin nahm den Privatdetektiv schließlich zur Seite. „Sie haben behauptet, Miss Stanford schwebe in Gefahr...“, begann er.

„Zumindest waren das die Worte von Earl Vernon, bevor er starb“, stellte McCoy richtig. „Und ich glaube, daß er seine Gründe dafür gehabt hatte.“

„Kann sein“, räumte Austin ein. „Aber ich kann unmöglich deshalb Polizeischutz für Miss Stanford veranlassen. Täglich kommen Leute in mein Büro und verlangen Polizeischutz, weil sie sich bedroht fühlen. Wenn ich für jeden von diesen Leuten auch nur einen Mann abstellen würde, würde die ganze Polizei von San Francisco in kürzester Zeit nur noch aus einer Armee von Leibwächtern bestehen.“

„Meine Freunde und ich, wir werden uns schon um Miss Stanford kümmern“, erklärte McCoy.

„Das ist Ihre Angelegenheit. Ich wäre Ihnen jedoch äußerst dankbar, wenn Sie sich darauf beschränken würden."

„Bedauerlicherweise kann ich Ihnen das nicht versprechen."

„Das habe ich befürchtet", knurrte Austin und seufzte leidgeplagt. „Ich schätze, ich werde wohl damit leben müssen, Ihnen ständig über den Weg zu laufen."

„Das wäre sicherlich nicht falsch", antwortete McCoy sarkastisch.

Sergeant Austin begab sich wieder nach oben ins Arbeitszimmer des Toten, während McCoy und Lucky Liz zum Wagen geleiteten und sich auf den Rückweg nach Sausalito machten.

Liz Stanford stand noch immer unter der Wirkung des Beruhigungsmittels, das der Polizeiarzt ihr gespritzt hatte, als Jenny zu McCoy und Liz auf die *Titanic* kam. Entsetzt lauschte sie dem Bericht des Privatdetektivs.

„Sie müssen den Mörder von Earl Vernon finden!" sagte Liz mit schwacher und doch entschlossener Stimme. „Ich werde für alle Kosten aufkommen. Mein Vater hat mir ein ansehnliches Vermögen hinterlassen. Sie müssen es tun, Mike!

Das bin ich Earl einfach schuldig..."

„Das Geld könnte ich wahrlich gebrauchen", gab McCoy mit einem schiefen Lächeln zu, „aber ich will Ihnen nichts vormachen, Liz. Die Informationen, die wir besitzen, sind äußerst dürftig. Ich habe nicht den geringsten Verdacht, wer hinter diesem Mord steckt und warum er begangen worden ist. Und meine Möglichkeiten, Licht in dieses Verbrechen zu bringen, sind noch begrenzter als die der Polizei."

„Ich vertraue Ihnen", erwiderte Liz, als würde das alle Probleme beseitigen.

„Fest steht", sagte Jenny, „daß Earl Vernon in irgendeine Sache verwickelt war, die er dir gegenüber als schrecklichen Fehler bezeichnet hat und die wiederum mit Liz zu tun zu haben scheint. Er sagte doch etwas von Papieren und einem Testament, das die Mörder aus seinem Safe genommen haben. Kann es sich da um das Testament Ihres Vaters handeln, Liz?"

Liz Stanford schüttelte den Kopf. „Nein, das hat Earl mir schon gleich nach dem Tod meines Vaters übergeben."

„Vernon hat auch etwas gesagt, das wie heißes Eis, Haalen und Star of Africa klang", erinnerte sich McCoy nachdenklich. „Doch was kann er damit gemeint haben? Diese zusammenhanglosen Worte ergeben einfach keinen Sinn."

Liz Stanford stutzte und richtete sich auf. „Sagten Sie gerade *Star of Africa?*" fragte sie verblüfft.

„Ja, können Sie damit etwas anfangen?"

Liz Stanford nickte. *„Star of Africa,* das ist der Name eines Passagierschiffes, das in einem schweren Sturm vor der indischen Küste gesunken ist."

„Woher wissen Sie das?" fragte Jenny erstaunt.

Liz Stanford lächelte gequält. „Weil ich mit meinen Eltern an Bord des Schiffes war, als es unterging."

McCoy und Jenny waren einen Augenblick sprachlos vor Überraschung.

„Erzählen Sie!" bat McCoy sie dann. „Vielleicht bringt uns das weiter."

„Ich... ich kann mich nur sehr verschwommen an jene Katastrophe erinnern", begann Liz Stanford zögernd, als wollte sie nicht gern darüber sprechen. „Es war wie ein gräßlicher Alptraum. Das meiste, das ich darüber weiß, habe ich von meinen Eltern erfahren. Ich war damals einfach zu jung. Vielleicht wollte ich mich auch gar nicht an dieses schreckliche Erlebnis erinnern."

„Wann geschah das Schiffsunglück?" wollte McCoy wissen.

„Vor über zwanzig Jahren. Ich war nicht ganz drei Jahre alt", berichtete Liz Stanford mit leiser Stimme. „Mein Vater hatte geschäftlich in Kapstadt zu tun. Und da meine Mutter immer schon mal nach Südafrika wollte, flogen wir alle drei nach Kapstadt. Für die Rückreise hatte mein Vater die Passage auf der *Star of Africa* für uns gebucht. Das Schiff befuhr die Strecke Kapstadt–San Francisco–London. Zwischenstationen auf unserer Reise sollten Bombay, Colombo, Hongkong und Honolulu sein.

Die Katastrophe ereignete sich in der Nacht. Ein nicht gemeldeter Orkan brachte das Schiff zum Kentern. Es muß schrecklich gewesen sein. Manchmal erwache ich jetzt noch nachts und höre das Toben des Sturms und die Schreie der von Panik erfüllten Passagiere...

Meinen Eltern gelang es, sich mit mir in ein leeres, treibendes Boot zu retten. Und wie sie mir erzählten, müssen sich fürchterliche Szenen vor ihren Augen abgespielt haben. Am nächsten Morgen wurden wir und noch einige andere Glückliche von einem Fischerboot an Bord genommen. Ich weiß nicht, wie viele Tote dieses Schiffsunglück gefordert hat, aber es müssen sehr viele gewesen sein. Meine Eltern erzählten nämlich, daß noch nicht einmal die Hälfte der verfügbaren Rettungsboote rechtzeitig zu Wasser gelassen werden konnten. Das Fischerboot hat uns dann nach Bombay gebracht, und von dort sind wir mit dem Flugzeug nach Amerika zurückgekehrt."

„Was für ein Alptraum!" Jenny spürte eine Gänsehaut auf den Armen.

„Was für ein Zusammenhang besteht nur zwischen dieser Schiffskatastrophe und dem Mord an Earl Vernon?" brachte McCoy das Gespräch wieder zum Kernthema zurück. „Ich meine, er muß einen gewichtigen Grund dafür gehabt haben, daß er ausgerechnet den Namen des Schiffes genannt hat."

„Vielleicht Versicherungsbetrug?" mutmaßte Jenny.

Der Privatdetektiv schüttelte den Kopf. „Bei einem unvorhergesehenen Orkan sehr unwahrscheinlich."

„Ich bin schrecklich müde", sagte Liz Stanford mit kraftloser Stimme.

Das Medikament verstärkte ihre natürliche Müdigkeit. Jenny und McCoy kamen überein, die nächsten Tage allesamt auf der *Titanic* zu wohnen, um Liz besser beschützen zu können. Allein traute sich Jenny das nicht zu, und McCoy war der einzige von ihnen, der eine Schußwaffe besaß und damit umzugehen wußte.

Der Privatdetektiv räumte sein Schlafzimmer und machte es sich auf der Couch im Wohnzimmer so bequem, wie es die Umstände zuließen.

Liz lag schon längst im Bett, als Jenny und McCoy noch immer an dem Fall herumrätselten.

„Ich fahre morgen früh nach Frisco rein und

suche im Zeitungsarchiv nach weiteren Informationen über die *Star of Africa.* Eine solche Katastrophe war damals bestimmt mehrere Tage lang der Aufmacher der ersten Seite“, meinte Jenny.

„Eine gute Idee“, stimmte McCoy zu. „Vielleicht bringt uns ein ausführlicher Zeitungsartikel über den Schiffsuntergang weiter.“

„Und was gedenkst du zu unternehmen?“ fragte Jenny interessiert.

Er zuckte mit den Achseln. „Eine große Auswahl von Personen, die ich befragen könnte, besteht ja leider nicht. Deshalb werde ich mit den Menschen beginnen, die mit Earl Vernon zu tun hatten – und da kommt zuerst einmal seine Frau ins Spiel. Sergeant Austin wird sie sicherlich schon benachrichtigt haben. Ich hoffe nur, daß sie bereit ist, mit mir zu sprechen.“

„Und wer kümmert sich währenddessen um Liz?“ wollte Jenny wissen. „Wir können sie unmöglich allein lassen. Oder nimmst du sie mit?“

McCoy schüttelte den Kopf. „Ich glaube nicht, daß das klug wäre. Nein, ich ziehe es vor, mit Frau Vernon allein zu sprechen... falls sie mich empfängt. Aber um Liz brauchst du dir keine Sorgen zu machen. Lucky wird ihr hier Gesellschaft leisten. Er mag zwar als Spieler unvernünftig und leichtsinnig sein, aber in solchen Dingen ist auf ihn hundertprozentig Verlaß. Außerdem kann er inzwischen auch mit einem Ballermann umgehen."

„Glaubst du, es könnte zu einer Schießerei kommen?"

Mike McCoy verzog das Gesicht. „Ich will es nicht hoffen, Jenny. In letzter Zeit bin ich so knapp bei Kasse gewesen, daß ich kein Geld hatte, eine neue Schachtel Munition zu kaufen. Ich habe noch genau fünf Patronen. Und damit kann man kein allzu beeindruckendes Feuerwerk veranstalten, falls es hart auf hart kommt."

„Es ist richtig belebend, wie optimistisch du in die Zukunft blickst", seufzte Jenny und erhob sich, um nun auch ins Bett zu gehen. „Angenehme Träume, Mike!"

Die Wahrheit über Earl Vernon

Mike McCoy war angenehm überrascht, als es ihm am nächsten Morgen auf Anhieb gelang, die Witwe des ermordeten Anwalts zu erreichen.

„Selbstverständlich bin ich bereit, Sie zu empfangen, Mister McCoy. Ist es Ihnen um elf Uhr recht?“ fragte sie ohne lange Umschweife.

„Elf... O ja, sicher“, sagte Mike McCoy verdutzt.

„Gut, ich erwarte Sie dann!“

McCoy benachrichtigte Lucky, der sofort nach Sausalito herüberkam, und fuhr dann nach Nob Hill. Um Punkt elf Uhr stand er vor der Haustür der Vernon-Villa.

Rose Vernon, eine attraktive Frau, Mitte Vierzig, öffnete ihm persönlich. Sie trug schwarze Trauerkleidung, und ihre geröteten Augen verrieten, daß sie geweint hatte. Doch ihr Auftreten war sicher und beherrscht. Sie führte den Privatdetektiv ins Wohnzimmer.

„Sie sagten am Telefon, mein Mann hätte beabsichtigt, Sie zu engagieren?“ begann sie das Gespräch, ohne viel Zeit mit leeren Höflichkeitsfloskeln zu vergeuden. „Ist Ihnen bekannt, in welcher Angelegenheit?“

McCoy verneinte. „Er kam nicht mehr dazu, mir das zu sagen, Mrs. Vernon. Ich hoffte, von Ihnen einen brauchbaren Hinweis zu erhalten. Entschuldigen Sie meine Direktheit, aber besaß Ihr Mann Feinde?“

Rose Vernon zuckte mit den Achseln. „Earl war ein brillanter Anwalt, und so manch einer der Staatsanwälte mag ihn gehaßt haben, doch das mehr in beruflicher Hinsicht. Ich... ich finde für dieses schreckliche Verbrechen einfach keine Erklärung“, sagte sie. Ihre Stimme bekam einen unsicheren, schwankenden Klang, doch Rose Vernon hatte sich bewundernswert unter Kontrolle.

„Wissen Sie, was für Papiere das waren, die die Mörder aus dem Safe genommen haben?“

Sie schüttelte den Kopf. „Ich will offen zu Ihnen sein, Mister McCoy. Mein Mann hat mich in den letzten Jahren kaum noch über seine aktuellen Fälle informiert... und auch nicht über seine privaten geschäftlichen Transaktionen. Ich verrate Ihnen kein Geheimnis, wenn ich Ihnen sage, daß mein Mann sehr hoch an der Börse spekuliert hat."

Mike McCoy horchte auf. „Und mit welchem Ergebnis, wenn ich mir diese Frage erlauben darf?"

„Oh, Sie dürfen", sagte Rose Vernon bitter. „Anfangs warfen seine Spekulationen enorme Profite ab. Es war wohl das typische Glück des Anfängers. Dann glaubte mein Mann, das Geschäft zu beherrschen, und riskierte größere Beträge. Und damit begann es... Er investierte in Ölbohrungen, Tankerflotten, Kaffee-Ernten und was weiß ich noch alles. Stets mit demselben Ergebnis: er verlor seinen Einsatz. Doch er konnte es einfach nicht lassen. Er hoffte, mit der nächsten Spekulation den Verlust aus den anderen verfehlten Börsengeschäften wieder wettmachen zu können. Und damit hat er sich ruiniert... und unsere Ehe", fügte sie leise hinzu.

„Wollen Sie damit sagen, daß er finanziell...“ McCoy zögerte aus Taktgefühl.

„... bankrott war, sprechen Sie es nur aus. Es stimmt“, sagte Rose Vernon. „All diese kostspieligen Feste und dieses Haus sind nichts weiter als eine lächerliche Farce. Ich werde die Villa verkaufen müssen, um die Schulden bezahlen zu können.“

Mike McCoy fragte zögernd: „Halten Sie es für möglich, daß sich Ihr Mann aufgrund seiner finanziellen Situation in irgendein... äh... unsauberes Geschäft eingelassen haben könnte?“

„Ich habe meinen Mann geliebt, Mister McCoy“, antwortete sie mit einem leichten Zittern in der Stimme, „auch wenn ich vorgehabt hatte, ihn zu verlassen. Ich kann nicht ausschließen, daß er in seiner Verzweiflung vielleicht so etwas, was Sie angedeutet haben, getan hat. Doch ich hoffe es nicht. Es tut mir leid, daß ich Ihnen nicht mehr sagen kann.“

McCoy begriff, daß sie ihm auf höfliche Art zu verstehen gab, er möge doch jetzt gehen.

„Oh, ich habe in der Jacke meines Mannes, die

ich in die Reinigung gegeben habe, etwas gefunden", fiel Rose Vernon plötzlich noch ein. „Sagten Sie nicht, daß Miss Stanford zur Zeit bei Ihnen wohnt?"

„Sie wohnt bei meiner Nachbarin und Bekannten, Miss Blake", erklärte McCoy.

Ganz kurz huschte ein belustigter Zug über Rose Vernons Gesicht. „Ich wollte nur sicher sein, daß Sie Liz heute noch sehen. In der Jackentasche meines Mannes fand ich nämlich einen Umschlag, der ihren Namen trägt. Warten Sie, ich gebe ihn Ihnen mit."

Rose Vernon kehrte Augenblicke später mit einem Briefumschlag zurück. Auf der Vorderseite stand *Für Liz Stanford.* Er enthielt kein Schreiben, sondern – wie man schon durch bloßes Fühlen feststellen konnte – nichts weiter als einen Schlüssel.

„Fragen Sie mich nicht, was das für ein Schlüssel ist", sagte Rose Vernon, noch bevor McCoy diese Frage stellen konnte. „Ich kann es Ihnen nicht sagen. Hoffentlich haben Sie woanders mehr Glück mit Ihren Ermittlungen. Und, bitte, besuchen Sie mich wieder, wenn Sie mehr in Erfahrung gebracht haben. Ich wünsche mir nichts so sehr, als daß Earls Mörder gefaßt wird. Und ich werde alles tun, um Ihnen und der Polizei dabei zu helfen, soweit es in meinen Kräften steht."

„Mrs. Vernon, Sie sind eine ungewöhnliche Frau."

Sie führte ihn hinaus, und er bemerkte, daß sie Mühe hatte, die Tränen noch länger zurückzuhalten. Worte waren überflüssig, und so bedankte sich McCoy bei ihr nur mit einem stummen Nicken und ging.

Der Diamantenkönig

Nach dem Besuch bei Rose Vernon fuhr Mike McCoy zum Hauptquartier der San Francisco City Police, um Sergeant Austin auszuhorchen. Doch er hätte sich den Umweg sparen können. Austin konnte ihm keinen brauchbaren Hinweis geben.

„Keine Fingerabdrücke. Die Killer haben Handschuhe getragen. Alles deutet darauf hin, daß der Mord von echten Profis begangen worden ist. Sauber, schnell und ohne Aufsehen zu erregen. Daß sie Vernon für tot gehalten haben, ist ein kleiner Schönheitsfehler", gab Sergeant Austin brummig von sich. „Und was haben Sie inzwischen ausgebuddelt, McCoy?"

„Einen Schiffsuntergang, der zwar schon über zwanzig Jahre zurückliegt, jedoch etwas mit dem Mord zu tun haben könnte", sagte Mike McCoy und erzählte, was er darüber von Liz erfahren hatte.

Doch Austin wollte nichts davon wissen. Er winkte ab. „Völlig absurd, McCoy! Vergessen Sie das. Sie sind auf dem falschen Dampfer. Vernon steckte finanziell arg in der Klemme. Das werden Sie sicherlich auch schon herausbekommen haben, nicht wahr?"

„Ich komme gerade von Mrs. Vernon."

„Na, sehen Sie... Vernon stand unter enormem finanziellem Druck. Und irgendwo da ist das Motiv für das Verbrechen zu suchen", erklärte der Sergeant.

Mike McCoy war anderer Meinung. Doch Sergeant Austin war nicht der Mann, mit dem sich McCoy gern in eine hitzige Diskussion einließ. Und so beließ er es dabei und fuhr zu Lucky und Liz zurück.

Sie machten es sich auf der kleinen Dachterrasse der *Titanic* bequem und warteten voller Ungeduld auf Jenny. Und in der Zwischenzeit rätselten sie, welche Bewandtnis es wohl mit dem Schlüssel haben mochte.

Auch Liz konnte nichts mit ihm anfangen. Sie hatte ihn noch nie zuvor zu Gesicht bekommen und wußte nicht zu sagen, für welches Schloß er gedacht war.

„Sieht mir wie der Schlüssel zu einem Bankfach aus", meinte Lucky.

Mike McCoy verzog das Gesicht. „Der Gedanke ist mir auch schon gekommen, Lucky. Aber zu welchem? Es gibt jede Menge Banken und Bankfächer in Frisco. Aber wer sagt uns überhaupt, daß es ein Bankfach hier in dieser Stadt sein muß? Warum nicht in Los Angeles oder San Diego oder New York oder aber in irgendeinem kleinen Nest irgendwo zwischen Pazifik und Atlantik? Die Auswahl ist groß."

„Die Polizei könnte es sicherlich herausbekommen", meinte Lucky und besah sich den Schlüssel noch einmal eingehend. „Die Nummer, die hier am Rand eingraviert ist, gibt normalerweise Auskunft darüber, von wem und für wen dieser Schlüssel angefertigt worden ist."

Mike McCoy nickte. „Das stimmt, Lucky. Aber diese Informationen werden nicht an jedermann weitergegeben. Und ich weiß nicht, ob Liz gut beraten ist, wenn wir diesen Schlüssel Austin übergeben, ohne zu wissen, was sich in diesem Bankfach befindet... vorausgesetzt, wir liegen mit unserer Vermutung richtig. Aber diese Entscheidung müssen Sie treffen, Liz."

Liz Stanford starrte einen Augenblick nachdenklich auf den Schlüssel. „Ich habe Sie engagiert, damit Sie Earl Vernons Mörder finden, Mike", sagte sie schließlich. „Deshalb teile ich Ihre Meinung."

„Gut."

Minuten später tauchte Jenny auf. Sie brachte offensichtlich interessante Neuigkeiten, denn sie lief über die wackeligen Stege und hatte es sehr eilig, zu ihnen auf die *Titanic* zu kommen.

Jenny hielt ein halbes Dutzend Fotokopien in der Hand, als sie an Bord des Hausbootes kam. „Ich bin fündig geworden!“ rief sie aufgeregt.

„Erzähl schon!“ drängte Lucky sie.

Jenny scheuchte Texas von dem vierten Gartenstuhl. „Ich glaube, wir sind einer ganz heißen Geschichte auf der Spur“, begann sie und sortierte die Kopien, die sie im Zeitungsarchiv angefertigt hatte. „Mike, wie war noch mal der Name, den Earl Vernon dir kurz vor seinem Tod genannt hat?“

„Er klang wie Haalen“, erinnerte er sich.

„Peter Van Haalen!“ rief Jenny triumphierend, und sie deutete auf die kopierten Zeitungsberichte. „Dieser Name taucht hier im Zusammenhang mit dem Schiffsuntergang auf. Wartet, ich lese euch die betreffende Stelle vor: ... *die genaue Zahl der Todesopfer ist zu dieser Stunde noch nicht bekannt. Fest steht jedoch schon jetzt, daß sich auch einige Bürger dieser Stadt unter den beklagenswerten Opfern dieser schrecklichen Schiffskatastrophe befinden. So haben offizielle Stellen in Bombay den Tod von Mrs. Helen Van Haalen bekanntgegeben. Mrs. Van Haalen war die Gattin von Mr. Peter Van Haalen, der sich gern und nicht ohne Grund* Diamantenkönig *nennen läßt. Mr. Peter Van Haalen ist Besitzer der größten Diamantenfirma westlich von New York. Wie unser Korrespondent erfuhr, hatte Mr. Van Haalen seine Frau auf der Schiffsreise von Kapstadt nach San Francisco begleiten wollen. Dringende geschäftliche Termine in den USA veranlaßten ihn jedoch, mit dem Flugzeug zurückzukehren. Diese Entscheidung mag ihm das Leben gerettet haben. Weniger Glück ...* Das andere ist überflüssig. Was sagt ihr dazu?" Jenny blickte erwartungsvoll auf.

„Peter Van Haalen ... der Diamantenkönig", sagte McCoy nachdenklich. „Allmählich bekommen Vernons letzte Worte einen Sinn. Der Anwalt sprach von ‚heißem Eis ...' Im Fachjargon bedeutet das soviel wie ‚heiße Diamanten',

Steine, die gestohlen oder geschmuggelt worden sind!“

„Wir sind also einem Diamantenschmuggel auf der Spur!“ stellte Lucky aufgeregt fest.

Mike McCoy zuckte mit den Achseln. „Sieht ganz danach aus, obwohl ich nicht begreife, was Earl Vernon und besonders Liz damit zu tun haben könnten.

Liz war damals keine drei Jahre alt, und wie sie mir erzählt hat, haben ihr Vater und Earl Vernon erst Jahre nach dem Untergang der *Star of Africa* ihre Freundschaft wiederaufleben lassen.“

Liz Stanford nickte bekräftigend. „Sie hatten sich fast fünfzehn Jahre lang aus den Augen verloren.“

„Dennoch, dieser Peter Van Haalen ist unser Mann“, meinte Jenny im Brustton der Überzeugung. „Ich glaube nicht an einen dummen Zufall. Vernon hat garantiert diesen Van Haalen gemeint. Und ich bin dafür, daß wir dieser Spur nachgehen.“

„Und wie soll das konkret aussehen?“ wollte Lucky wissen.

„Ganz einfach, ich werde diesem Diamantenkönig einen Besuch abstatten“, antwortete McCoy und machte sich an die Arbeit, die entsprechende Telefonnummer herauszufinden. Nach einem knappen Dutzend Anrufen hatte er endlich den persönlichen Sekretär des Leitenden Direktors der Firma *Diamond Enterprises* am Apparat.

„Ich bedaure, aber Mr. Van Haalen hat sein Büro heute frühzeitig verlassen, Mister McCoy“, erklärte der Sekretär in kühlem Ton. „Wenn Sie vielleicht morgen nach neun wieder anrufen würden...“

„Die Angelegenheit eilt. Ich muß dringend mit Mr. Van Haalen sprechen, weil ich mir wichtige Informationen von ihm erhoffe. Bitte versuchen Sie ihn zu erreichen, und teilen Sie ihm mit, daß ich ihn wegen der *Star of Africa* zu sprechen wünsche.“

„Tja, ich bezweifle sehr, daß ich irgend etwas für Sie erwirken kann“, meinte der Sekretär zögernd. „Doch ich werde Ihre Bitte weitergeben und Sie gegebenenfalls zurückrufen.“

Mike McCoy gab ihm seine Nummer durch und hängte auf.

Zehn Minuten später rief der Sekretär an. Er klang verwundert, als er sagte: „Mr. Van Haalen ist bereit, noch heute mit Ihnen zu sprechen. Er erwartet Sie in zwei Stunden auf seiner Jacht *Kohinoor.*" Und er beschrieb ihm, an welchem Steg das Boot im Jachthafen vertäut lag.

Als McCoy aufgelegt hatte, sagte er mit hochgezogenen Augenbrauen: „Ich bin überrascht, daß die bloße Nennung des Schiffsnamens noch zwanzig Jahre nach der Katastrophe solch eine Wirkung ausübt. Das gibt mir doch zu denken."

Lucky grinste. „Wir liegen mal wieder diamantrichtig, Mike! Auf diesen Klunker-Heini bin ich wirklich gespannt."

„Du wirst hierbleiben, und du auch Jenny", erklärte McCoy energisch. „Ich kann nicht mit einer ganzen Armee bei ihm antanzen. Liz wird mich begleiten."

Jenny und Lucky waren zwar nicht gerade erfreut darüber, sahen aber ein, daß er recht hatte. Und so blieben sie auf dem Hausboot zurück, als McCoy und Liz sich schließlich auf den Weg zum Jachthafen machten.

Die *Kohinoor* war kaum zu übersehen. Sie stach jede andere Jacht im Hafen aus, und was lagen da alles für Prachtboote!

„Ein wahres Schmuckstück!" staunte Liz Stanford, als sie über den Steg auf die gut vierzig Meter lange Jacht zugingen, deren weiße Aufbauten hoch aufragten. Die Verglasung der Kabinenfenster und Salons bestand aus getönten, mit Goldstaub durchsetzten Scheiben.

Ein junger Mann in weißer Marineuniform wartete am Fuß der Gangway. „Mister McCoy?" fragte er, als der Privatdetektiv mit Liz vor ihm stehenblieb.

„Ja."

„Mister Van Haalen erwartet Sie achtern auf dem Sonnendeck. Wenn Sie mir bitte folgen würden", bat der junge Mann zuvorkommend und schritt davon.

Mike McCoy stutzte vor Überraschung, als sie Van Haalen gegenüberstanden. Er hatte damit gerechnet, einen Mann Ende Fünfzig bis Mitte

Sechzig anzutreffen. Doch der Direktor von *Diamond Enterprises* konnte kaum älter als fünfunddreißig sein.

„Mister Peter Van Haalen?“ fragte der Privatdetektiv.

„Ich sehe, Sie haben mit meinem Vater gerechnet, Mister McCoy. Mein Name ist Henry Van Haalen. Womit kann ich Ihnen dienen? Sie ließen mir durch meinen Sekretär mitteilen, es handle sich um eine äußerst dringende Angelegenheit, die nicht bis morgen warten könne.“

„Sie haben recht, ich habe wirklich gehofft, Ihren Vater anzutreffen, denn ich denke, daß nur er mir die gewünschten Auskünfte geben kann“, erklärte McCoy und studierte das energische Gesicht des Juniorchefs, wobei ihm auffiel, daß hinter der Freundlichkeit scharfe Wachsamkeit zutage trat. „Ich glaube nicht, daß Sie mir und Miss Stanlord werden helfen können.“

„Das käme doch auf einen Versuch an“, erwiderte Henry Van Haalen mit aalglatter Höflichkeit. „Worum handelt es sich denn?“

„Um Mord“, sagte Mike McCoy hart und

beobachtete ihn.

Henry Van Haalen zeigte sich überrascht. „Mord? Ich dachte, Sie wären wegen dieses Schiffsuntergangs hier? Von welchem Mord sprechen Sie?"

„Vom Mord an einem Anwalt namens Earl Vernon", begann McCoy.

„Earl war ein guter Bekannter von mir", warf Liz ein.

„Wir haben Grund zu der Annahme, daß zwischen diesem Verbrechen und dem Untergang der *Star of Africa* eine gewisse Verbindung besteht", fuhr der Privatdetektiv fort. „Deshalb hätten wir gern Ihren Vater gesprochen."

„Bedauerlicherweise wird ein solches Gespräch vorerst nicht möglich sein", erklärte Henry Van Haalen. „Die Gesundheit meines Vaters ist sehr angegriffen. Er bedarf ständiger ärztlicher Aufsicht, und jede Erregung ist ihm strengstens untersagt. Ich kann es nicht verantworten, daß Sie ihn an den Verlust seiner ersten Frau erinnern, Mister McCoy. Die Folgen wären bei seinem geschwächten Zustand möglicherweise tödlich."

„Dann haben Sie also die Leitung der Firma übernommen", stellte McCoy fest.

„Ich habe die Nachfolge meines Vaters ein paar Jahre früher als geplant angetreten, das ist alles", erklärte Henry Van Haalen, und zum erstenmal schwang ein gewisser feindseliger Unterton in seiner Stimme mit. „Und was den Mord an Ihrem Bekannten... Wie war noch mal sein Name?"

„Earl Vernon", sagte McCoy und glaubte ihm nicht, daß er den Namen schon vergessen haben sollte. Er hatte eher den Eindruck, als wollte Henry Van Haalen nachdrücklich darauf hinweisen, daß ihm dieser Anwalt völlig unbekannt war.

„Richtig, Vernon... Also, was diesen Mord betrifft", fuhr Henry Van Haalen freundlich lächelnd fort, „so sind Sie, glaube ich, besser beraten, wenn Sie die Aufklärung dieses Verbrechens der Polizei überlassen, Miss Stanford."

„Ich zweifle nicht an Mister McCoys Fähigkeiten!" entgegnete Liz zurückweisend.

„Nun, das bleibt natürlich völlig Ihnen überlassen. Ich bedaure wirklich, Ihnen nicht weiterhelfen zu können. Leo wird Sie zurück zur Gangway bringen“, komplimentierte er sie geschickt von seiner Jacht. „Ich wünsche Ihnen noch einen angenehmen Tag.“

„Noch eine letzte Frage, Mister Van Haalen“, sagte McCoy, als der Juniorchef schon unter Deck gehen wollte.

Henry Van Haalen drehte sich um, ein unwilliger Ausdruck lag auf seinem Gesicht. „Ja, bitte?“

„Woher wußten Sie, daß Liz mit Nachnamen Stanford heißt?“

Henry Van Haalen lächelte geringschätzig, weil er diese Frage offensichtlich für reichlich dumm hielt. „Weil Sie sie so vorgestellt haben, Sie Meisterdetektiv!“

„Sie irren“, korrigierte McCoy ihn, und nun lächelte er. „Ich habe sie Ihnen nicht als *Stanford*, sondern ganz bewußt als Miss Stan*lord* vorgestellt. Doch offenbar kannten Sie den Namen schon so gut, daß Sie diese leichte Namensveränderung entweder völlig überhörten oder aber für einen unbewußten Fehler meinerseits hielten. Ist es nicht merkwürdig, was für Streiche einem das

Unterbewußtsein spielen kann?"

Das überhebliche Lächeln war urplötzlich von Henry Van Haalens Gesicht verschwunden, das jetzt einer scheinbar blutleeren, wutverzerrten Grimasse glich. Gewalttätigkeit blitzte in seinen Augen auf. Dann wandte er sich mit einem Ruck um und hastete unter Deck. Knallend fiel eine Tür hinter ihm zu.

Mike McCoy übte seinen Beruf lange genug aus, um zu wissen, wann er sich jemanden zum Todfeind gemacht hatte. Henry Van Haalen konnte er auf diese Liste setzen.

Die Sache wird langsam brenzlig

„Überhaupt nichts ist bewiesen!" widersprach McCoy eine gute Stunde später seinem Freund Lucky, der den Fall schon für so gut wie gelöst hielt. „Zugegeben, Henry Van Haalen kannte Liz, aber was besagt das im Endeffekt? Nichts. Wir tappen noch immer im dunkeln und haben fast nichts in der Hand."

„Was ist mit Peter Van Haalen?" wollte Jenny wissen. „Gibt es keine Möglichkeit, an ihn heranzukommen? Vielleicht ist er überhaupt nicht so krank, wie sein Sohn vorgibt."

Mike McCoy lächelte grimmig. „Du kannst sicher sein, daß Henry Van Haalen alles tun wird, um seinen Vater völlig unter Verschluß zu halten..., falls du mit deiner Vermutung recht hast. Aber irgendwie glaube ich nicht, daß das etwas mit dem Mord an Earl Vernon zu tun hat. Dieser Henry ist ein ehrgeiziger, aalglatter Bursche. Aber vor zwanzig Jahren, als das Schiffsunglück passierte, wird er den Namen Van Haalen kaum getragen haben."

„Du meinst, er ist gar nicht der Sohn von Peter Van Haalen?" fragte Lucky.

„Ich bin mir fast hundertprozentig sicher, daß er das nicht ist", antwortete McCoy.

„Aber woher willst du das wissen?" fragte Jenny verblüfft.

„Als er begründete, warum Peter Van Haalen für uns nicht zu sprechen sei, sagte er wörtlich: *Ich kann es nicht verantworten, daß Sie ihn an den Verlust seiner ersten Frau erinnern.* Würde er so von seiner Mutter sprechen? Bestimmt nicht. Ich nehme eher an, daß Henry der adoptierte Sohn aus Peter Van Haalens zweiter Ehe ist."

„Das werden wir feststellen", meinte Jenny. „Aber wenn du recht hast, sind wir bei Henry Van Haalen auf der völlig falschen Spur, weil er mit dieser zwanzig Jahre zurückliegenden Geschichte kaum etwas zu tun gehabt haben kann."

„Vielleicht, vielleicht aber auch nicht", erwiderte McCoy.

„He, das Telefon klingelt!" rief Lucky. „Ich halt Texas fest, damit er dir nicht zuvorkommt!" Texas war wirklich schon auf dem Sprung, doch Lucky bekam ihn am Schwanz zu packen. „Hiergeblieben, mein Freund!"

Mike McCoy kletterte schnell die Leiter hinunter, stürmte ins Wohnzimmer und hob den Hörer ab.

„Privatdetektiv McCoy?" fragte eine atemlose, leise Stimme.

„Ja, wer spricht da?"

„Namen tun nichts zur Sache", sagte der Anrufer. „Sie waren heute auf der *Kohinoor*, um Informationen über Mister Peter Van Haalen zu erhalten, nicht wahr?"

„Ja, stimmt."

„Nun, ich habe da einiges, was Sie möglicherweise höchst interessant finden könnten. Ich bin gern bereit, Ihnen diese Informationen zu überlassen!"

„Doch sicherlich nicht aus reiner Menschenliebe und schon gar nicht kostenlos, wie ich annehmen darf, oder?" fragte McCoy mit leichtem Spott.

„Nicht einmal der Tod ist kostenlos, Mister McCoy."

„Ihre Argumentation ist bestechend."

„Was ist nun, sind Sie interessiert oder nicht?" fragte der Anrufer ungeduldig.

„Das zu verleugnen, würde mir schwerfallen", erwiderte Mike.

„Gut, dann kommen Sie heute abend um zehn nach Chinatown in *Lee Wong's Restaurant.* Es liegt auf der Kearny Street. Um diese Zeit sollten Sie keine Schwierigkeiten haben, einen freien

Tisch zu bekommen."

„Könnten wir uns als Treffpunkt nicht auf eine vernünftige Bar in North Beach oder sonstwo einigen?" erkundigte sich McCoy. „Tee bekommt mir nicht. Das Zeug stößt mir noch Stunden später auf. Ein scharfer Whisky wäre besser."

„Vergessen Sie nicht, Geld mitzubringen", ging der Anrufer ungerührt über seinen Einwand hinweg.

„Ich weiß, ich weiß... Nicht einmal der Tod ist kostenlos. Seien Sie beruhigt. Ich werde mein Sparschwein leeren, bevor ich mich in Ihre Teebude begebe", sagte McCoy, doch die Leitung war schon tot. Der anonyme Anrufer hatte aufgelegt.

Mike McCoy besprach die Angelegenheit mit seinen Freunden. Er wollte allein nach Chinatown fahren, doch Lucky protestierte. Er befürchtete eine mögliche Falle.

„Ich werde dich begleiten, Mike!" erklärte er fest. „Jenny kann hier auf Liz aufpassen. Ob du willst oder nicht, ich komme mit!"

Da Jenny und Liz mit Lucky einer Meinung waren, blieb McCoy letztlich nichts anderes übrig, als nachzugeben und seinen Freund als Begleitschutz zu akzeptieren.

Sie fuhren mit Luckys Lincoln nach Chinatown, dem wohl farbenprächtigsten und exotischsten Viertel von San Francisco mit seinen rund 75 000 Einwohnern chinesischer Herkunft. Kunst, Kitsch und bewahrte Kultur leben hier einträchtig nebeneinander.

Lee Wong's Restaurant war nicht schwer zu finden. Es gehörte zu den Restaurants, die fast ausschließlich von den chinesischen Bewohnern besucht wurden.

Sie fanden einen freien Tisch nahe der Tür. Und während Lucky zwei Frühlingsrollen bestellte, da sie ja schlecht bei nur einer Tasse Tee im Restaurant sitzen konnten, musterte McCoy die anwesenden Gäste.

Ein kahlköpfiger Mann von kleiner, fettleibiger Statur mit vorspringendem Kinn und getönter Brille begegnete seinem Blick und erhob sich.

„Ich schätze, das ist unser Mann", raunte

McCoy seinem Freund zu, als der Dicke sich durch die Reihen der eng gestellten Tische drängte und zu ihnen herüberkam.

„Soll ich zwei Stühle für ihn bereithalten?" fragte Lucky.

„Du hältst dich zurück, verstanden!?"

„Klar, Boß!" Lucky grinste.

„Es war nicht die Rede davon, daß Sie in Begleitung kommen", sagte der Dicke und setzte sich zu ihnen „Ich bin nur sein Schatten", meinte Lucky.

„Haben Sie das Geld, Mister McCoy?"

„Welche Summe schwebt Ihnen vor?" fragte Mike McCoy zurück.

„Zweihundert Dollar!" verlangte der Kahlkopf.

„Himmel, Sie scheinen ihn für den Präsidenten der Weltbank zu halten!" entrüstete sich Lucky.

„Mache ich mit Ihnen oder mit diesem Komiker Geschäfte?" wollte der Dicke wissen und deutete mit dem Kopf auf Lucky.

„Ich mache überhaupt keine Geschäfte, bei denen ich die Katze im Sack kaufe", erwiderte McCoy. „Und für zweihundert Flöhe müssen Sie schon etwas Sensationelles zu bieten haben, was ich bezweifle. Beginnen wir also mit fünfzig. Wenn ich der Meinung bin, daß Ihre Information mehr wert ist, werde ich noch etwas zulegen. Akzeptieren Sie es, oder lassen Sie es bleiben!" Der Privatdetektiv legte einen Fünfziger auf den Tisch.

„Wenn Henry Van Haalen erfährt, daß ich mich mit Ihnen getroffen habe, bin ich meinen Job los", knurrte der Dicke.

„Ihr Problem", entgegnete McCoy ungerührt.

Der Dicke zögerte einen Augenblick, dann zuckte er mit den Schultern und steckte den Fünfziger ein. „Also gut", meinte er mißmutig.

„Was wissen Sie über Henry und Peter Van Haalen?" fragte McCoy.

„Ich war lange Jahre Fahrer für Mister Peter Van Haalen, ein feiner Mann, der die Firma zu dem gemacht hat, was sie jetzt ist", begann der Dicke. „Es ist eine Schande, wie sich dieser Möchtegernsohn ihm gegenüber benommen hat!"

„Henry ist nicht sein leiblicher Sohn?"

Der Dicke schnaubte verächtlich. „Wo denken Sie hin! Mister Peter Van Haalen hatte nur ein einziges Kind, Karen, und das kam mit seiner Frau bei dem gräßlichen Schiffsunglück um."

„Sie sprechen von der *Star of Africa,* nicht wahr?" vergewisserte McCoy sich.

„Ja", bestätigte der Dicke. „Peter Van Haalen heiratete drei Jahre später eine gewisse Cathy Coleman, die diesen Henry mit in die Ehe brachte. Peter Van Haalen hat ihn wie seinen eigenen Sohn behandelt und in seine Firma aufgenommen, als er alt genug war, um das Diamantengeschäft zu erlernen. Und zum Dank dafür hat dieser Hundesohn seinen Adoptivvater eiskalt und skrupellos aus der Firma gedrängt. Dieser Henry ist ein machthungriger Bursche, dem nichts heilig ist. Er ist nicht einmal davor zurückgeschreckt, Peter Van Haalen entmündigen zu lassen, um alles an sich reißen zu können. Ich sage Ihnen, das ist nicht mit rechten Dingen zugegangen. Der Alte mag ja etwas wunderlich sein, aber unzurechnungsfähig war er bestimmt nicht. Verdammt noch mal, ich bin sicher, daß

Henry ihn mit Drogen dahin gebracht hat. Da kann mir keiner was anderes erzählen."

„Wo befindet sich Mister Peter Van Haalen jetzt?" fragte Mike McCoy.

„In der Villa seines Adoptivsohnes. Niemand kommt an ihn heran. Er wird völlig von der Außenwelt abgeschirmt. Man sollte eine gerichtliche Untersuchung anstrengen!"

Das, was der Dicke erzählte, war nicht uninteressant und warf Licht auf Henry Van Haalens Charakter, half McCoy jedoch in dem Mordfall nicht weiter.

Der Privatdetektiv quetschte ihn hinsichtlich der Schiffskatastrophe aus, doch der Dicke konnte ihm darüber nicht mehr sagen, als McCoy schon aus den Zeitungsberichten und von Liz erfahren hatte. Und die Namen Liz Stanford und Earl Vernon sagten ihm auch nichts.

„Was ist nun mit dem restlichen Geld?" wollte der Dicke ärgerlich wissen, als McCoy die Rechnung für den Tee und die beiden Frühlingsrollen bezahlte, die Lucky sich einverleibt hatte.

„Ich hatte mir von Ihnen mehr erwartet", erklärte McCoy kühl. „Mit fünfzig Dollar sind Sie ausreichend bezahlt. Komm, Lucky."

„Verdammter Betrüger!" rief der Dicke wütend. „Mir erst die Informationen aus der Nase ziehen und dann nicht zahlen wollen!"

Lucky drehte sich abrupt um, war mit einem Satz bei ihm und packte ihn am Jackenaufschlag. „Noch so eine unfreundliche Bemerkung, und ich verschaff dir eine dicke Nase, die morgen in allen Regenbogenfarben schillert und mit einem ausgewachsenen Blumenkohl konkurrieren kann!"

Erschrocken fuhr der Dicke zurück. „War… war ja nicht so gemeint", stammelte er hastig.

Lucky stieß ihn zurück und verließ mit McCoy das Restaurant. Sie waren beide ein wenig enttäuscht über das Ergebnis dieses Gesprächs. Zwar war McCoys Verdacht, daß Henry nicht der leibliche Sohn von Peter Van Haalen war, bestätigt worden, aber keiner von ihnen glaubte, daß das etwas mit dem Mord an Earl Vernon zu tun haben könnte.

Kaum waren sie zu Jenny und Liz auf die *Titanic* zurückgekehrt und hatten von der offensichtlich fruchtlosen Unterhaltung mit dem kahlköpfigen Dicken berichtet, als das Telefon schrillte.

Mike McCoy hob ab.

„McCoy?“ fragte eine merkwürdig verzerrte Stimme.

„Ja, so steht's auf meinem Geburtsschein“, sagte Mike McCoy und überlegte, woran ihn dieser metallische Klang erinnerte. Und dann wußte er es. Der Anrufer hatte einen Stimmodulator zwischengeschaltet, der die eigene Stimme zur absoluten Unkenntlichkeit verfremdete.

„Hören Sie, Schnüffler“, sagte die Stimme. „Lassen Sie die Vergangenheit ruhen, und hören Sie auf, in Dingen zu rühren, die Sie nichts angehen!“

„Dafür werde ich bezahlt“, erwiderte McCoy, „falls Sie das vergessen haben sollten.“

„Wenn Sie so weitermachen, wird Miss Stanford auch noch Ihre Beerdigung bezahlen müssen, McCoy!“ warnte ihn der Anrufer. „Also lassen Sie die Finger davon! Ich biete Ihnen ein faires Geschäft an."

„Da spannen Sie mich aber auf die Folter", sagte Mike McCoy sarkastisch.

„Sie hören auf, für Miss Stanford die clevere Spürnase zu spielen und in der Vergangenheit herumzuwühlen, und wir garantieren Ihnen, daß Miss Stanford nichts zu befürchten hat."

„Ihre Großzügigkeit ist einfach umwerfend, geradezu beschämend", entgegnete der Privatdetektiv mit beißendem Spott, in dem auch eine gute Portion kalter Wut lag. „Fällt der Mord an Earl Vernon bei Ihnen auch unter die Rubrik ‚fair'?"

„Lassen Sie Vernon aus dem Spiel", erwiderte der Anrufer. „Der Anwalt hat mit dem Feuer gespielt und sich daran verbrannt. Das sollte Ihnen eigentlich eine Warnung sein und Ihnen zeigen, daß mit uns nicht zu spaßen ist, McCoy."

„Ich habe Sie – wer immer Sie auch sein mögen – und Ihre Hintermänner bestimmt nicht für Dick und Doof gehalten", antwortete McCoy grimmig.

„Was ist nun mit unserem Geschäft, McCoy?"

„Geben Sie mir Bedenkzeit", bat McCoy, denn er hielt es für keine schlechte Idee, sich vielleicht für einen halben oder sogar einen ganzen Tag Luft zu verschaffen. „Solch eine Entscheidung bricht man nicht übers Knie."

„Sie bekommen Ihre Bedenkzeit", ging der Gangster ohne zu zögern auf McCoys Bitte ein. „Bis Sonnenaufgang. Ach, noch etwas. Ich nehme an, Sie können von einem Ihrer Wohnzimmerbullaugen in Richtung Parkplatz blicken, nicht wahr?"

„Sie nehmen richtig an", bestätigte Mike McCoy und ahnte, daß der Gangster noch einen Trumpf bereithielt, den er nun am Schluß des Gespräches auszuspielen gedachte.

„Sehr gut! Meine Leute haben sich etwas besonders Nettes einfallen lassen, um Ihnen die Entscheidung ein wenig leichter zu machen, und sich ein wenig um Ihren Lincoln gekümmert. Ich hoffe, Sie finden die Idee genauso zündend wie ich, McCoy!"

Der dumpfe Knall einer heftigen Explosion

zerriß die Stille der Nacht in Sausalito. Im selben Augenblick schoß eine grelle Stichflamme meterhoch in den Himmel und tauchte den Parkplatz vor der Hausbootkolonie in helles, flackerndes Licht.

Mike McCoy hörte erschrocken Schreie in seinem Rücken. Jenny, Liz und Lucky, die seinem Telefongespräch gespannt gelauscht hatten, sprangen auf und drängten sich um die beiden Bullaugen. Aufgeregt redeten sie durcheinander. Auf den Nachbarbooten gingen Lichter an, entsetzte Stimmen drangen zur *Titanic* herüber.

Einen Augenblick lang war McCoy wie gelähmt und starrte zu der lodernden Flammensäule hinüber, die hoch in den Nachthimmel stieg. Grenzenlose Wut ballte sich in seinem Magen zusammen, und er umklammerte den Telefonhörer so fest, als wollte er ihn zerquetschen.

„Sie sind sehr schweigsam geworden, McCoy", meldete sich der Gangster höhnisch. „Sehr beeindruckend, nicht wahr?"

„Sagten Sie gerade eben Lincoln?" erkundigte

sich McCoy mit rauher Stimme.

„Ja, das ist Ihr Wagen, der da ausbrennt."

„Einen Augenblick bitte." McCoy hielt die Muschel mit einer Hand zu und fragte Lucky: „Ist dein Wagen gut versichert?"

Verwirrt sah Lucky ihn an. „Ja... natürlich... Wieso...?"

„Auch gegen Vandalismus, mutwillige Zerstörung?" vergewisserte McCoy sich.

„Ja, ich glaube schon." Lucky stutzte, blickte zum Flammeninferno hinüber und sah dann McCoy entsetzt an. „Mein Gott, du willst doch wohl nicht sagen wollen..."

„Doch, ich will", fiel McCoy ihm ins Wort und nahm die Hand von der Muschel. „Wirklich sehr beeindruckend, was Sie da geleistet haben. Aber Ihre Leute haben offensichtlich ihre Hausaufgaben nicht allzu gründlich gemacht."

„Wie meinen Sie das?"

„Das ist bedauerlicherweise nicht mein Wagen, der da in Flammen steht. Ich fahre einen alten, rostigen Chevy, und ich bezweifle, daß er auch nur halb so viel wert ist wie das Dynamit, mit dem Ihre Pfuscher den anderen Wagen hochgejagt haben.“

Einen Augenblick herrschte Stille am anderen Ende der Leitung. „Sie haben verdammt mehr Glück als Verstand, McCoy!“ fluchte der Gangster dann. „Aber in diesem Fall macht das nichts. Ein Auto ist so gut wie das andere, um Ihnen vor Augen zu führen, daß wir es ernst meinen. Das ist die erste und letzte Warnung, McCoy!“ Die Leitung wurde unterbrochen. Der Gangster hatte aufgelegt.

Der Schlüssel zur Lösung

Sergeant Austin traf in Sausalito ein, als die Feuerwehr den in Flammen stehenden Lincoln schon gelöscht hatte. Mike McCoy hatte ihn angerufen und über den Dynamitanschlag informiert. McCoy legte nun all seine Karten auf den Tisch.

„Verdächtigungen, nichts als Verdächtigungen!“ erregte sich der Sergeant, nachdem er sich die ganze Geschichte angehört hatte. „Aber wo bleiben die Beweise, McCoy? Mag sein, daß dieser Henry Van Haalen seine Finger im Spiel hat, aber ich besitze nicht die geringste Handhabe, um eine polizeiliche Aktion gegen ihn in Gang setzen zu können. Ich würde noch nicht einmal einen Haussuchungsbefehl erhalten! Und was für ein Motiv sollte dieser Mann überhaupt haben? Wir haben nichts, absolut nichts in der Hand!"

„Und was ist mit meinem ausgebrannten Wagen?" brauste Lucky auf. „Haben wir das vielleicht auch bloß geträumt?"

„Regen Sie sich ab, Mister Manzoni!" bellte der Sergeant. „Ich versuche Ihnen nur klarzumachen, daß mir die Hände gebunden sind. Natürlich werde ich den Hinweis, der diesen Henry Van Haalen betrifft, im Auge behalten, aber das ist vorerst auch alles. Vielleicht kann ich jetzt für Miss Stanford Polizeischutz bekommen..."

„Ich glaube, das wird nicht nötig sein", erwiderte Liz kühl.

Sergeant Austin zuckte mit den Achseln. „Ganz wie Sie meinen. Und wenn ich Ihnen einen guten Rat geben darf, McCoy…“

„Bitte, zieren Sie sich nicht“, brummte McCoy.

„… ziehen Sie sich aus diesem Fall zurück, so wie es dieser anonyme Anrufer von Ihnen verlangt hat, und überlassen Sie mir die Aufklärung des Mordes.“ Larry Austin klappte sein Notizbuch zu, nickte Liz Stanford höflich zu und ging von der *Titanic.*

McCoy mixte für jeden einen stärkenden Drink, als sie wieder unter sich waren, und meinte dann zu Liz: „Vielleicht sollten wir diesen Rat wirklich befolgen. Die Angelegenheit wird allmählich reichlich brenzlig.“ „Brenzlig?“ echote Lucky bitter. „Du hast ein ausgesprochenes Talent für Untertreibungen. Seit wann findest du ein total ausgebranntes Wrack brenzlig?“

„Machen Sie sich deswegen bitte keine Sorgen, Lucky“, sagte Liz Stanford mit energischer Stimme. „Ich werde den Schaden tragen, falls Ihre Versicherung nicht einspringt. Doch ich bin nicht dafür, jetzt klein beizugeben, Mike! Wir sind auf der richtigen Spur, auch wenn Sergeant Austin da seine Zweifel hat. Und falls *Sie* die Gefahr, in die wir uns alle begeben haben, für vertretbar halten, bitte ich Sie, jetzt nicht aufzugeben. Sie haben gehört, was der Sergeant gesagt hat. Ihm sind die Hände gebunden. Doch das trifft nicht auf uns zu!"

McCoy überlegte einen Moment und nippte gedankenversunken an seinem Drink. „Man müßte schon blind sein, wollte man die Gefahr verleugnen", sagte er schließlich. „Doch andererseits gibt es Mittel und Wege, um sich zu schützen. Wir müssen von nun an unsere Spur verwischen und zum Beispiel in Motels übernachten. Und Sie haben recht, Liz, wir müssen den Mördern schon ziemlich im Nacken sitzen, wenn sie zu solch drastischen Mitteln greifen, um uns abzuschrecken."

„Außerdem, wer garantiert, daß Liz wirklich nichts zustößt, wenn du auf das Angebot des Gangsters eingehst und die Ermittlungen einstellst?" gab Jenny zu bedenken.

„Sehr richtig", knurrte Lucky zustimmend.

„Dann sind wir uns also einig?" fragte Liz Stanford.

McCoy blickte von einem zum anderen. Keiner von ihnen wollte aufgeben. Er lächelte. „Freunde, wir sind noch immer im Spiel, wie mir scheint. Laßt uns überlegen, wie es weitergehen soll."

Liz Stanford hatte wenig später die Idee mit der Reederei.

„Die *Star of Africa* fuhr unter amerikanischer Flagge und gehörte der Reederei *Trans-World-Lines.* Und soviel ich weiß, besteht diese Reederei noch immer. Es dürfte deshalb gar nicht so schwierig sein, hier im Büro der Reederei die Passagierliste von jener Fahrt zu bekommen. Vielleicht finden wir darin etwas, das uns weiterhilft."

„Der Einfall hätte glatt von mir kommen können!" meinte Lucky begeistert.

Auch McCoy war von der Idee angetan. „Sehr gut! Das ist das erste, was wir morgen früh tun werden. Doch jetzt sollten wir zusehen, daß wir ein paar Stunden Schlaf bekommen. Wer weiß, was uns morgen erwartet."

*

Noch vor Sonnenaufgang verließen Mike McCoy und Liz Stanford die *Titanic* und fuhren zum San Francisco International Airport. Zu dieser frühen Morgenstunde waren die Straßen so gut wie ausgestorben, so daß McCoy leicht feststellen konnte, ob ihnen jemand folgte. Ein blauer Thunderbird erregte seine Aufmerksamkeit. Der Wagen schien ihm zu folgen wie ein lästiger Schatten. McCoy wandte jeden Trick an, den er kannte, um diesen möglichen Verfolger abzuschütteln. Eine halbe Stunde später war vom Thunderbird nichts mehr zu sehen.

Am Flughafen stellte er seinen alten Chevy im riesigen Parkhaus ab und mietete sich bei einem der zahlreichen Mietwagenfirmen, die dort rund um die Uhr geöffnet haben, einen PS-starken Cadillac in Sportausführung, der genug geballte Kraft unter der Haube hatte, um im Notfall wie eine Rakete abzugehen.

Da es noch zu früh war, um das Büro der Reederei aufzusuchen, fuhr McCoy mit Liz gut zwanzig Meilen stadtauswärts und frühstückte in einem 24-Stunden-Schnellrestaurant. Sie hatten beide wenig Appetit und beschränkten sich auf viel Kaffee und wenig Toast.

Auf Umwegen und stets den Rückspiegel im Auge behaltend, kehrten sie mit dem Berufsverkehr in die Innenstadt von San Francisco zurück. Um Punkt neun standen sie im Büro des Managers der *Trans-World-Lines,* der sich zu McCoys Überraschung als erstaunlich hilfsbereit erwies und sie zu einem älteren Mitarbeiter namens Freddy Cox führte, der ihnen die gewünschte Auskunft geben konnte.

„Es wird schon eine Weile dauern", sagte er entschuldigend. „Die tragische Fahrt der *Star of Africa* liegt ja schon ein paar Jährchen zurück." Er begann nach den Unterlagen zu suchen.

Eine halbe Stunde später händigte ihnen Freddy Cox stolz eine Kopie der Passagierliste aus, die mehr als zwanzig Seiten umfaßte. Jeder Passagier war hier mit vollem Namen, Adresse, Beruf und Geburtsdatum erfaßt.

„Himmel, das wird ja eine Heidenarbeit!" seufzte Liz Stanford, als sie die Liste durchblätterte.

„Suchen Sie etwas Bestimmtes?" fragte Freddy Cox interessiert.

„Nein, wir hoffen bei der Durchsicht auf irgend etwas zu stoßen, das uns weiterhilft", erklärte McCoy.

„Vielleicht könnte Ihnen Ralph Hutchinson helfen", murmelte der Reedereiangestellte.

„Wer ist Ralph Hutchinson?" fragte McCoy.

„Hutchinson war Kabinensteward auf der *Star of Africa*. Er betreute die 1.-Klasse-Passagiere. Ralph Hutchinson ist ein feiner Bursche, doch das Außergewöhnliche an ihm ist, daß er ein phänomenales Gedächtnis besitzt. Was er einmal hört, sieht oder liest, vergißt er niemals wieder. Er kam einmal zu mir ins Büro, warf einen Blick auf eine lange Liste mit Zahlen und rasselte sie dann ohne einen Fehler herunter."

Diese Information war nicht mit Gold aufzuwiegen. Ein Steward mit einem fotografischen Gedächtnis und phantastischem Erinnerungsvermögen war genau das, was sie gebrauchen konnten. „Wo steckt dieser Ralph Hutchinson jetzt, Mister Cox? Sagen Sie bloß nicht, er schippert irgendwo im Indischen Ozean auf einem Kreuzfahrtschiff durch die Gegend!"

Freddy Cox lachte. „Keine Sorge, Hutchinson ist längst kein Steward mehr. Nach jener Katastrophe hat er noch zwei Fahrten mit einem unserer Schiffe mitgemacht und seinen Beruf dann plötzlich an den Nagel gehängt. Er muß wohl eine unverhoffte Erbschaft gemacht haben, denn er hat sich ein wunderschönes Fleckchen Land an einem See gekauft und soll da sehr zurückgezogen leben."

„Und wo liegt dieses Fleckchen Land?" wollte McCoy wissen.

„Ein gutes Stück hinter Sacramento in den Bergen der Sierra Nevada", erklärte Freddy Cox. „Ich habe sehr lange nichts mehr von ihm gehört. Vielleicht lebt er dort gar nicht mehr. Aber ich kann Ihnen gern Adresse und Telefonnummer geben."

„Das würde uns schon weiterhelfen, Mister Cox“, bedankte sich McCoy.

„Wir sollten diesen Ralph Hutchinson sofort anrufen und uns mit ihm treffen“, schlug Liz aufgeregt vor, als sie das Büro der Reederei verlassen hatten.

„Das hatte ich auch vor“, meinte McCoy und steuerte die nächste öffentliche Telefonzelle an. Er wählte die Nummer, die Freddy Cox ihm aufgeschrieben hatte. Das Telefon läutete lange am anderen Ende der Leitung, bis dann endlich abgenommen wurde.

Eine dunkle, ruhige Stimme meldete sich. „Hallo?“

„Mister Ralph Hutchinson?“

„Ja, am Apparat.“

Mike McCoy stellte sich kurz vor und kam dann zum Anlaß seines Anrufes. „Ich hätte Sie gern persönlich gesprochen...“

„Das tun Sie doch schon!“ Ralph Hutchinsons Stimme klang auf einmal sehr zurückhaltend, fast ablehnend. „In welcher Angelegenheit wünschen Sie mich zu sprechen?“

„Es betrifft den Untergang der *Star of Africa*, den Sie..."

„Darüber kann ich Ihnen nicht mehr erzählen, als Sie in den offiziellen Protokollen der Untersuchung nachlesen können", fiel ihm Ralph Hutchinson abweisend ins Wort. „Warum interessiert Sie das überhaupt?"

„Weil ich der festen Überzeugung bin, daß die Ereignisse von damals in irgendeiner Beziehung zu dem Mordfall stehen, den ich aufzuklären versuche."

„Mord?" stieß Hutchinson hervor. „Wer ist ermordet worden?"

„Ein Anwalt namens Earl Vernon. Sagt Ihnen der Name etwas?"

„Nein, bedaure, Mister McCoy. Ich glaube, Sie vergeuden Zeit und Geld. Ich kann Ihnen nicht helfen."

„Vielleicht sagen Ihnen die Namen Henry Van Haalen oder Liz Stanford etwas", blieb McCoy beharrlich. „Miss Stanford war eine gute Bekannte von Earl Vernon und..."

„Sagten Sie gerade Liz Stanford?" fragte Ralph

Hutchinson mit gepreßter Stimme.
„Ja“, bestätigte McCoy.
„Liz Stanford ist längst tot!“ entfuhr es Ralph Hutchinson. Und schon im nächsten Moment schien er zu bereuen, daß ihm dieser Satz so spontan über die Lippen gekommen war, denn hastig fuhr er fort: „Hören Sie, ich habe Ihnen schon mal gesagt, daß ich Ihnen nicht helfen kann. Ich will meine Ruhe haben, verstehen Sie mich? Ich habe nichts mit alldem zu tun. Also lassen Sie mich in Frieden!“

Mike McCoy dachte nicht daran, ihn in Frieden zu lassen. Ralph Hutchinson wußte offensichtlich mehr, als er zuzugeben bereit war. Und es schien, als habe er Angst vor seinem eigenen Wissen.

„Ein Mord ist geschehen, Mister Hutchinson!“ antwortete der Privatdetektiv mit Nachdruck. „Und meine Klientin schwebt in Gefahr. Warum man Earl Vernon ermordet hat und nun Miss Stanford nach dem Leben trachtet, ist uns ein Rätsel. Doch Sie kennen die Antwort, Mister Hutchinson. Und es ist Ihre gottverdammte

Pflicht, uns zu helfen und ein weiteres Verbrechen zu verhindern, wenn Sie dazu in der Lage sind."

Ralph Hutchinson antwortete nicht. McCoy hörte nur seinen schweren, schnellen Atem.

„Ich bin nicht von der Polizei", redete McCoy beschwörend weiter, „und was immer Sie uns erzählen, wir werden es so vertraulich wie nur eben möglich behandeln. Aber wenn Sie es vorziehen, auf stur zu schalten, sehe ich mich leider im Interesse meiner Klientin gezwungen, die Polizei..."

„Sparen Sie sich das!" unterbrach Hutchinson ihn. „Reden wir also über das, was vor über zwanzig Jahren passiert ist. Aber nicht am Telefon. Wann können Sie bei mir sein?"

Mike McCoy atmete erleichtert auf. „Sicherlich noch vor Einbruch der Dunkelheit."

„In Ordnung." Der ehemalige Steward beschrieb ihm den Weg zu seinem Haus. „Aber lassen Sie die Polizei aus dem Spiel!"

„Sie haben mein Wort!" versprach McCoy und hängte ein.

Fiebrige Erregung erfüllte ihn. Er spürte, daß die Aufklärung dieses rätselhaften Verbrechens in greifbare Nähe gerückt war. Ralph Hutchinson war der Schlüssel zur Lösung dieses Falles!

Die Kugel war schneller

Mike McCoy jagte den Sportwagen über den mehrspurigen Highway in Richtung Norden nach Sacramento und hängte sich dabei an einen der riesigen Container-Lastwagen, die in Amerika fast ohne Ausnahme mit Sprechfunkgeräten, CB genannt, ausgerüstet sind. Die Fahrer dieser Lastwagen stehen über CB miteinander in ständiger Verbindung und warnen einander vor Highway-Streifenwagen und versteckten Radarkontrollen der Polizei, die sie in ihrem CB-Jargon „Smokey“ nennen.

Die Strecke war „Smokey-frei“, und so folgte McCoy dem Laster, der offensichtlich mit leerem Hänger unterwegs war und mit über 75 Meilen pro Stunde dahindonnerte anstatt mit der in ganz

Amerika vorgeschriebenen Höchstgeschwindigkeit von 55 Meilen.

Liz Stanford ist längst tot!

Diese Äußerung des ehemaligen Schiffsstewards beschäftigte McCoy und Liz während der ganzen Fahrt, und sie konnten sich keinen Reim darauf machen. Es klang so widersinnig.

„Er muß damit irgend etwas anderes gemeint haben", mutmaßte Liz Stanford grübelnd. „Denn daß ich quicklebendig bin, steht ja wohl außer Frage. Vielleicht sollten wir unsere Erwartungen nicht allzu hoch schrauben, Mike."

„Ja, warten wir ab, was Hutchinson zu berichten hat", meinte McCoy zustimmend. Insgeheim hegte er einen Verdacht, der jedoch so ungeheuerlich war, daß er ihn nicht auszusprechen wagte.

Kurz vor Sacramento bog der Laster vom Highway ab, und McCoy mußte seine Geschwindigkeit drosseln. Die langgezogenen Bergketten der Sierra Nevada zeichneten sich mit ihren dichten, hohen Wäldern vor dem östlichen Horizont ab. Ein eindrucksvolles Bild im Licht der Nachmittagssonne, die schon weit im Westen stand.

Doch McCoy und Liz Stanford waren zu sehr mit ihren eigenen Gedanken und Mutmaßungen beschäftigt, um die landschaftliche Schönheit des Sacramento-Tales ganz in sich aufnehmen zu können.

Hinter Sacramento verließ Mike McCoy den Highway und folgte einer Landstraße, die in die Berge führte. In einer kleinen Ortschaft tankte er den Wagen auf, und er nutzte die kurze Rast, um mit Jenny zu telefonieren. Er berichtete ihr, daß er seinen alten Chevy am Flughafen gegen einen schnellen Cadillac eingetauscht hatte, und erzählte ihr von dem Besuch bei der Reederei und von ihrer Absicht, dem Steward Hutchinson gründlich auf den Zahn zu fühlen.

„Bist du auch ganz sicher, daß euch niemand gefolgt ist?“ fragte Jenny besorgt.

„Der Verkehr ist um diese Zeit zu dicht, um eventuelle Verfolger auszumachen“, antwortete McCoy. „Aber hier in den Bergen läßt sich das schon leichter feststellen. Ich habe eigentlich ein gutes Gefühl."

„Hoffentlich kein trügerisch gutes", meinte Jenny.

„Was macht Lucky?"

„Er wollte nachsehen, ob der Mann, den er in seiner Werkstatt angestellt hat, auch ordentlich arbeitet", erklärte Jenny lachend.

„Okay, wir melden uns nachher noch mal, Jenny. Halte die Stellung, und verwöhn Texas nicht zu sehr."

„Du hast den Burschen schon so verzogen, daß ich gar nichts mehr falsch machen kann. Also, bis später."

Mike McCoy kehrte zum Wagen zurück. Eine knappe Stunde später gelangten sie zu jener Abzweigung, die Ralph Hutchinson dem Privatdetektiv beschrieben hatte. Die Straße, der McCoy nun folgte, war schmal und nicht mehr im besten Zustand. Sie wurde offenbar wenig befahren.

Hutchinsons Anwesen lag in einem kleinen, versteckten Tal. Ein kleiner See, zum größten Teil von Wald umfaßt, schimmerte von weitem wie ein Diamant zwischen dem tiefen Grün der Wälder. Ein hübsches Landhaus, im Stil einer Blockhütte gebaut, stand am südlichen Ufer des Sees.

Als McCoy auf das Haus zufuhr, trat ein kräftiger, schlanker Mann aus dem Haus. Abwartend stand er da. Er trug alte Jeans, ein buntes, kariertes Flanellhemd und Westernstiefel. Ein Vollbart, schon mit Grau durchsetzt, umwucherte ein von Wind und Wetter gezeichnetes Gesicht.

„Das wird er sein“, meinte Liz Stanford merkwürdig beklommen.

McCoy nickte nur, stellte den Motor ab und stieg aus.

„Ich kann nicht gerade behaupten, daß Sie willkommen sind“, brummte Ralph Hutchinson, den McCoy auf Ende Fünfzig schätzte, als Begrüßung. „Aber da Sie nun schon mal hergekommen sind, können wir die Sache auch hinter uns bringen. Kommen Sie, setzen wir uns auf die hintere Veranda.“

McCoy und Liz Stanford folgten ihm um das

Haus herum. Die hintere Veranda, überdacht und aus soliden Bohlen gezimmert, ging zum See hinaus.

Ralph Hutchinson deutete auf eine Sitzgruppe aus Rohrstühlen, zog eine Pfeife hervor und begann sie umständlich zu stopfen. „Ich liebe die Einsamkeit, die unberührte Natur", begann er, als das Schweigen peinlich zu werden drohte. „Habe lange genug Menschen um mich gehabt. Die wenigsten taugen etwas."

„So würde ich das nicht sehen, Mister Hutchinson", entgegnete McCoy.

„Sehen Sie es, wie Sie es wollen", sagte Hutchinson, setzte die Pfeife in Band und blickte dann Liz an. „So, und Sie wollen Elizabeth Stanford sein!"

„Ich bin Elizabeth Stanford!" erklärte Liz verwirrt.

Hutchinson lachte freudlos auf. „Die Welt ist voller Lug und Trug, junge Frau. Halt... Warten Sie. Sie sind hergekommen, um die Wahrheit zu erfahren. Ich hoffe nur, daß Sie sie auch verkraften können."

Liz wurde bleich. „Ich ... ich habe keine Angst vor der Wahrheit, Mister Hutchinson?“ antwortete sie mit fester Stimme.

„So, haben Sie nicht? Ich schon“, murmelte der ehemalige Steward. „Deshalb wollte ich auch nichts mit der ganzen Sache zu tun haben. Manchmal ist es gut, die Vergangenheit ruhen zu lassen.“

„Es geht hier um Mord!“ erinnerte McCoy ihn. „Was ist also *Ihre* Wahrheit?“

Ralph Hutchinson sog an der Pfeife. „Ich war Steward auf der *Star of Africa*. Ein wunderbares Schiff. Weniger wunderbar waren oftmals die 1.-Klasse-Passagiere. Geld verdirbt den Charakter, sage ich immer wieder. Das Stanford-Ehepaar gehörte zu den angenehmen Ausnahmen, reizende Leute, die sich nicht aufspielten. Und ihre kleine Tochter war ein so fröhliches, unkompliziertes Mädchen. Die Stanfords liebten ihr Kind über alles, ohne es jedoch zu verwöhnen und zu verziehen.“

„Warum sprechen Sie von mir immer in der Vergangenheit?“ fragte Liz Stanford mit wachsender Unruhe.

Ralph Hutchinson sah sie einen langen Moment mit traurigem Blick an. „Weil es die Wahrheit ist. Liz Stanford ist längst tot. Sie ertrank in jener Nacht."

Liz Stanford erstarrte. Ihr war, als würde sich eine eisige Kälte in ihr ausbreiten. „Dann bin ich gar nicht das Kind von...", begann sie und brach mitten im Satz ab.

Hutchinson nickte. „Sie sind nicht Liz Stanford, auch wenn Sie diesen Namen tragen!"

Einen Augenblick lang herrschte eine unwirkliche, beklemmende Stille.

„Wer... wer... bin... ich dann?" fragte Liz Stanford schließlich mit schwacher, zitternder Stimme.

„Sie sind..." Ralph Hutchinson führte den Satz nicht mehr zu Ende. Sein Kopf wurde plötzlich nach hinten gerissen, und der Mund öffnete sich unwillkürlich zu einem Schrei, der jedoch nicht mehr zu hören war, weil Ralph Hutchinson schon tot war, von der Kugel eines heimtückischen Verbrechers für immer zum Schweigen gebracht.

Auch Killer machen Fehler

Mike McCoy hörte den dumpfen Knall der offensichtlich mit einem Schalldämpfer versehenen Waffe, sah das kleine, häßliche Loch genau über der Nasenwurzel von Ralph Hutchinson und reagierte instinktiv und von Entsetzen gepackt.

„Deckung!“ schrie er Liz zu, packte sie am linken Arm und riß sie mit zu Boden, als er sich aus dem Stuhl warf.

Liz Stanford stieß einen gellenden Schrei aus.

Sie landeten hart auf den massiven Bohlen der Veranda. Die Dämmerung hatte eingesetzt, und die tiefen Schatten des Waldes hatten die Blockhütte schon erreicht. Deshalb konnte McCoy die beiden Gestalten, die jetzt rechts von der Veranda aus den Büschen traten, mehr ahnen als sehen.

„Killer!“ keuchte McCoy. „Liz... Wir müssen weg von hier! Kommen Sie!“

„O Gott... nein!“ wimmerte Liz Stanford starr vor Entsetzen.

McCoy wollte sie mit Gewalt hochzerren, doch dazu gaben ihm die beiden Gangster keine Gelegenheit mehr. Eine starke Stabtaschenlampe flammte auf, und der Lichtkegel blendete den Privatdetektiv.

„Keiner von euch beiden rührt sich von der Stelle!" befahl eine scharfe Stimme jenseits des grellen Lichtkegels. Und dann sagte die Stimme mit verändertem Tonfall: „Bratt, schalte das Verandalicht ein, damit wir hier nicht im Dunkeln herumtappen müssen!"

„Okay, Archie", antwortete der Gangster namens Bratt, der, seiner Stimme nach zu urteilen, jünger sein mußte als sein Komplize Archie.

Augenblicke später flammte die Verandabeleuchtung auf und erhellte eine gespenstische Szene. Ralph Hutchinson hing tot im Korbstuhl, während McCoy und Liz Stanford regungslos seitlich vom Toten standen und auf die beiden Killer starrten, deren Gesichter von übergezogenen Nylonstrümpfen zu häßlichen Grimassen verzerrt waren. Sie hielten Pistolen mit Schalldämpfern in ihren Händen.

Mike McCoy kämpfte gegen das Übelkeitsgefühl an, das in ihm hochstieg. Er brauchte keine Bestätigung, um zu wissen, daß diese beiden Männer auch Earl Vernon auf dem Gewissen hatten. Und ihm war klar, daß diese Killer keine Zeugen ihres Verbrechens zurücklassen würden.

„Bitte... nicht!“ flehte Liz Stanford in Todesangst. „Lassen Sie uns...“

„Maul halten!“ herrschte Archie, der seinen Komplizen um einen Kopf überragte, sie kalt an. „Noch braucht ihr nicht um Gnade zu winseln. Wenn wir vorgehabt hätten, euch umzulegen, hätten wir das schon längst getan. Aber der Boß will vorher noch mit euch reden. Uns soll es recht sein. Und jetzt rein ins Wohnzimmer! Aber schön langsam... Und glaub ja nicht, uns mit irgendeinem Trick reinlegen zu können, Schnüffler. Falls du es aber doch nicht unterlassen kannst, den tollkühnen Helden zu spielen, wird der Boß eben auf seine Unterredung mit dir verzichten müssen. Habe ich mich klar ausgedrückt?“

„Sehr klar“, murmelte McCoy. Es gab kein

Entkommen. Und wenn das, was der Gangster gerade gesagt hatte, wirklich stimmte, wäre es wahnsinnig, sein Leben schon jetzt durch einen von vornherein hoffnungslosen Fluchtversuch zu riskieren. So schwer es ihm auch fiel, ihm blieb in dieser Situation nichts weiter übrig, als sich ruhig zu verhalten, den Befehlen der Gangster widerspruchslos zu folgen und auf eine bessere Chance zur Flucht zu hoffen. Und deshalb sagte er mit erzwungen beruhigender Stimme zu Liz: „Wir tun besser, was sie von uns verlangen."

„Sehr vernünftig, Schüffler", meinte Archie höhnisch.

McCoy und Liz Stanford gingen ins Wohnzimmer, das rustikal eingerichtet war. Sie mußten sich auf den Boden hocken und die Arme hinter dem Nacken verschränken. Archie, der offensichtlich das Sagen hatte, ging nicht das kleinste Risiko ein. Die Mündung des Revolvers wies stets auf McCoy.

„Ruf den Boß an und sag Bescheid, daß hier alles klar ist", trug Archie seinem Komplizen auf.

Bratt ging zum Telefon, wählte eine Nummer und gab die Nachricht durch. „Eine Viertelstunde? Okay, wir warten. Sicher... Wir hüten sie wie den britischen Kronschatz... Soll uns egal sein, wenn die Kohle nur stimmt... Gut, ich warte oben an der Straße." Er legte auf.

„Was hat er gesagt?" fragte Archie knapp, ohne McCoy und Liz Stanford aus den Augen zu lassen.

„Daß er in einer Viertelstunde hier ist und sich dann um sie kümmern wird. Wir sollen sie nur umlegen, wenn sie Zicken machen."

„Und was ist mit der Straße?"

„Ich soll oben an der Kurve auf ihn warten und seinen Wagen übernehmen. Ich weiß nicht, was er vorhat, aber wie gesagt, solange die Kasse stimmt, kann er machen, was er will", meinte Bratt.

„Richtig. Also mach dich auf die Socken. Ich brauch dich hier nicht", erwiderte Archie, und Bratt verließ das Wohnzimmer.

McCoy saß schweigend am Boden, spürte, wie Liz neben ihm am ganzen Körper zitterte und lautlos weinte, und zwang sich, das auch in ihm wachsende Gefühl der Panik zu unterdrücken. Er wußte, daß es sinnlos war, diesen eiskalten Killer in ein Gespräch zu verwickeln und zu versuchen, ihn auf seine Seite zu ziehen.

Archie und Bratt gehörten zur gefährlichsten Sorte. Sie waren sogenannte „Hitmen“, berufsmäßige Killer, die emotionslos und ohne eigenes Motiv Verbrechen gegen Bezahlung verübten. Ihr Preis war hoch, doch dafür garantierten sie auch absolute Profiarbeit und totales Desinteresse an den Hintergründen und Motiven des Mannes, der sie bezahlte.

Die Minuten verstrichen mit quälender Langsamkeit, und das kalte Schweigen brachte Liz an den Rand der Hysterie. Ihre Arme schmerzten.

Eine Ewigkeit schien vergangen zu sein, als plötzlich Schritte auf der vorderen Veranda zu hören waren. Die Tür klappte, und die Schritte näherten sich dem Wohnzimmer.

Archies Körper straffte sich, und er drehte sich so, daß er die beiden Geiseln und die Tür im Auge behalten konnte.

„Partner?“ fragte er warnend.

„Bratt kommt gleich nach“, ertönte vom Flur her eine gelassene Stimme. „Also schieß mich nicht über den Haufen, Archie, wenn ich jetzt ins Zimmer komme!“

„Alles klar, Boß“, sagte Archie und entspannte sich.

Ein sehniger, unauffällig gekleideter Mann Ende Fünfzig, die Augen hinter einer Sonnenbrille mit Spiegelgläsern verborgen, trat ins Wohnzimmer. Er blickte zu McCoy und Liz Stanford hinüber und nickte anerkennend. „Hervorragende Arbeit, Archie. Hier ist die zweite Hälfte.“ Er reichte dem Killer einen Umschlag.

Archie warf einen flüchtigen Blick hinein und steckte ihn in seine hintere Jeanstasche. „Was soll mit den beiden geschehen, Boß?“ wollte er wissen.

„Ich werde mich mit ihnen unterhalten, und dann entscheide ich, was mit ihnen geschieht“, antwortete Al Sheppard. „Du kannst deine Kanone verschwinden lassen. Ich übernehm die beiden jetzt. Aber bevor du uns für ein paar

Minuten allein läßt, kannst du mir noch einen Drink mixen. Scotch und einen Schuß Soda."

Archie nickte und ließ seine Pistole unter der leichten Windjacke verschwinden. „Ist im Preis inbegriffen", sagte er.

Al Sheppard lächelte. Er hielt einen Revolver in der Hand. Als Archie mit dem Drink zurückkam, schien es so, als wollte Al Sheppard den Revolver in die andere Hand nehmen. Doch es war ein raffinierter Trick, den sogar ein Profi wie Archie zu spät durchschaute.

Das Griffstück der Waffe traf Archie seitlich am Kopf. Er kam noch nicht einmal dazu, die Hände abwehrend hochzureißen. Die Augen verdrehend, sackte er bewußtlos zu Boden. Das Glas glitt aus seiner Hand und zerschellte.

Mike McCoy war unwillkürlich aufgesprungen, als er sah, wie der Mann den Mörder niederschlug. Doch er hielt mitten in der Bewegung inne, als der Revolver von Al Sheppard herumschwenkte.

„Nur nichts überstürzen, McCoy!" warnte ihn Al Sheppard.

„Wer sind Sie?“ fragte McCoy gepreßt. Mittlerweise verstand er überhaupt nichts mehr. „Weshalb haben Sie das getan? Und was wollen Sie von uns?“

„Immer der Reihe nach, McCoy! Zuerst einmal reißen Sie die Gardinenkordel von der Stange und fesseln unseren Freund. Und seien Sie doch bitte so freundlich, und werfen Sie mir den Umschlag mit dem Geld herüber. Ich denke nicht, daß Archie dafür noch Verwendung hat.“

McCoy folgte dem Befehl.

„Und nun rücken Sie den Schlüssel raus!“ befahl Al Sheppard, als Archie gefesselt war.

„Wovon reden Sie?“ fragte Mike McCoy scheinbar begriffsstutzig.

„Spielen Sie nicht den Ahnungslosen, McCoy. Ich garantiere Ihnen, es wird Ihnen nicht bekommen!“ fauchte Al Sheppard ihn an. „Es war ein Kinderspiel, Rose Vernon auszuquetschen. Forsches Auftreten und eine täuschend echte Polizeimarke genügten. Ich weiß, daß einer von Ihnen beiden den Schlüssel hat. Was soll also das Getue, McCoy? Aber wenn Sie die rauhe Spielart vorziehen, nun..."

„Mike, geben Sie ihm den Schlüssel", sagte Liz nun mit belegter Stimme, die Hände zur Faust geballt.

„Okay, Sie haben gewonnen", gab McCoy nach, holte vorsichtig den Schlüssel aus der Tasche und warf ihn ihm zu. „Sie haben alle Trümpfe in der Hand, Mister..."

„Al Sheppard", sagte der Gangster mit einem selbstsicheren Lächeln. „In wenigen Tagen wird es keinen Al Sheppard mehr geben, zumindest offiziell nicht. Deshalb besteht keine Notwendigkeit, Ihnen meinen Namen zu verschweigen, McCoy."

„Wenn Sie sich Ihrer Sache so sicher sind, werden Sie doch auch bestimmt nicht so kleinlich sein, uns im unklaren über Sinn und Grund dieser Verbrechen zu lassen, nicht wahr?" reizte McCoy ihn.

„Ich werde Ihnen den Gefallen tun."

„Al Sheppard", murmelte Liz Stanford nachdenklich. „Dieser Name stand auch auf der Passagierliste!"

„Richtig“, bestätigte der Gangster. „Ich wußte, daß Sie früher oder später auf die Idee kommen würden, sich diese Unterlagen im Büro der Reederei zu beschaffen.“

Nun verstand Mike McCoy, wieso es den Gangstern gelungen war, ihre Spur wieder aufzunehmen. Al Sheppard hatte ihn nur zum Schein verfolgen lassen und dann das Büro der Reederei im Auge behalten. Für diese Dummheit hätte er sich jetzt ohrfeigen können.

„Warum ist Earl Vernon ermordet worden?“ fragte Liz Stanford gequält. „Warum nur? Was hat er Ihnen getan?“

„Mir hat er nichts getan“, antwortete Al Sheppard ohne zu zögern. „Doch er hat versucht, Henry Van Haalen zu erpressen. Und das hätte er besser unterlassen.“

„Henry Van Haalen! Ich wußte doch, daß wir mit unseren Vermutungen richtig lagen!“ McCoy spürte die Euphorie des Gangsters und gedachte sie zu nutzen. Jetzt bestand die Chance, die ganze Wahrheit zu erfahren. „Sie haben also für Henry Van Haalen die Drecksarbeit übernommen, nicht wahr?"

„Wir haben eine lange, gemeinsame Nachtfahrt zurück nach San Francisco vor uns. Sie werden also Gelegenheit genug bekommen, Ihre Neugierde zu befriedigen, McCoy. Aber diese eine Frage will ich Ihnen schon jetzt beantworten. Es stimmt, ich habe Henry Van Haalen vordergründig dabei geholfen, sich zu schützen."

„Zu schützen? Vor wem?" fragte Liz verständnislos.

Der Gangster verzog das Gesicht zu einem merkwürdigen Lächeln. „Vor Ihnen, *Miss Karen Van Haalen!*" antwortete er spöttisch. „Vor dem einzigen leiblichen Kind und somit einzigen Erben des Diamantenkönigs Peter Van Haalen!"

Der Stoffelefant

Mike McCoy saß hinter dem Steuer des Cadillac-Sportwagens, während Liz neben Al Sheppard auf dem Rücksitz kauerte, ganz in sich zusammengesunken, zutiefst verstört und sprachlos vor Entsetzen. Sie sollte nicht die wirkliche Liz Stanford sein, sondern die Tochter von Peter Van Haalen und somit die Stiefschwester des Verbrechers Henry Van Haalen? Nein, das konnte nicht sein! Das *durfte* nicht sein!

Sie wollte sich die Ohren zuhalten und sich in eine Welt flüchten, in der die grausame Wirklichkeit sie nicht erreichen und verletzen konnte. Doch die Kraft ihrer Vernunft war stärker als ihr Verlangen, sich in eine Scheinwelt zurückzuziehen. Sie wußte, daß sie die Wahrheit über sich selbst, über ihre Eltern und die schrecklichen Verbrechen nicht ignorieren konnte. Deshalb zwang sie sich, zuzuhören, als Al Sheppard das Geheimnis um die Morde und die *Star of Africa* lüftete, während McCoy den Wagen über die Bergstraßen lenkte.

Der Gangster sonnte sich geradezu in der Rolle des Mannes, der als einziger die *ganze* Wahrheit kannte. „Earl Vernon kannte einen Teil der Geschichte, und Ralph Hutchinson ebenso. Henry Van Haalen weiß ein bißchen mehr, als diese beiden wußten. Doch keiner von ihnen kannte oder kennt die ganze Story", prahlte Al Sheppard. „Ich war der einzige, der Peter Van Haalens absolutes Vertrauen genoß. Und er weihte später noch nicht einmal seinen Adoptivsohn ein."

„Einweihen worin?" fragte McCoy.

Al Sheppard zündete sich mit einer Hand eine Zigarette an, in der anderen hielt er den Revolver, der auf Liz gerichtet war. „In seinen äußerst lukrativen Diamantenschmuggel. Südafrika hatte sehr scharfe Ausfuhrbestimmungen, was Diamanten aus den dortigen Minen betraf. Doch Peter Van Haalen hatte so seine Verbindungen, um an mehr Steine zu gelangen, als er normalerweise hätte aufkaufen dürfen. Sie müssen wissen, daß das Diamantengeschäft in den Händen von einigen wenigen mächtigen Syndikaten liegt. Sogar die Russen machen mit diesen Syndikaten, die Angebot und Preise diktieren, gemeinsame Sache. Und sie fahren dabei nicht schlecht.

Ganz logisch also, daß man es nicht gern sieht, wenn neue Geschäftsleute Unruhe in den Diamantenmarkt bringen. Man versucht in solchen

Kreisen stets, unliebsame Konkurrenten so klein und unbedeutend wie möglich zu halten. Aber Peter Van Haalen besaß nun seine eigenen Verbindungen und verstand es, in Südafrika einen großen Teil der illegal geförderten Diamanten aufzukaufen. Und wenn es dann darum ging, diese heiße Ware..."

Hot Ice! erinnerte sich Mike McCoy plötzlich. *Heißes Eis! Illegal geförderte und ausgeführte Diamanten!* Earl Vernon hatte davon gewußt.

„... aus dem Land zu schaffen und nach den Vereinigten Staaten zu bringen", fuhr Al Sheppard fort, „kam ich stets ins Spiel. Ich arrangierte den Schmuggel. In jenem Jahr nun, als Peter Van Haalen seine Frau und seine Tochter Karen – sie war damals gerade zwei Jahre und ein paar Monate alt – mit nach Südafrika nahm, hatte ich eine besonders gute Idee, wie ich einen Teil der Diamanten sicher außer Landes bringen konnte."

Der Gangster blickte Liz nun direkt an. „Sie waren ganz verliebt in einen großen Stoffelefanten, den Ihre Mutter Ihnen dort geschenkt hatte, Karen..."

„Ich... bin... Liz", stieß sie gepreßt hervor und biß sich auf die Lippen, bis es schmerzte.

Al Sheppard seufzte. „Nein, Sie sind Karen Van Haalen, und Sie waren damals ganz vernarrt in diesen Elefanten. Sie schleppten ihn überallhin mit. Es war gar nicht so einfach, Ihnen diesen Elefanten auch nur für kurze Zeit abzunehmen."

„Sie haben die Diamanten in diesem Stofftier versteckt?" fragte Mike McCoy.

„Richtig, und zwar mit Wissen Ihres Vaters, Karen. Was ich Ihnen jetzt erzähle, wird Sie vielleicht schmerzen, aber Sie wollen ja die Wahrheit wissen", sagte Al Sheppard. „Peter Van Haalen machte sich nicht viel aus Kleinkindern und schon gar nichts aus Mädchen. Er war bitter enttäuscht, daß seine Frau ihm keinen Sohn und Erben geschenkt hatte. Und so kümmerte er sich absolut nicht um seine Tochter. Das steht auch in dem Schreiben, das Sam Stanford bei Earl Vernon hinterlegt hatte. Aber dazu kommen wir später.

Auf jeden Fall waren die Van Haalens alles andere als Mustereltern. Peter hatte nur sein Geschäft im Kopf, und seine Frau... Nun, sie liebte das leichtfertige Leben und hatte für all die unangenehmen Dinge Personal.

Die Stanfords, die ebenfalls auf der *Star of Africa* reisten, waren das genaue Gegenteil von ihnen. Sie waren trotz ihres Vermögens bescheiden und liebenswürdig und vergötterten ihre Tochter Liz, die fast genauso alt war wie die Tochter der Van Haalens. Und dann kam die Nacht, in der der Orkan das Schiff zum Kentern brachte. Peter Van Haalen hatte Glück. Er war mit dem Flugzeug nach den USA zurückgekehrt. Doch viele andere hatten ganz und gar kein Glück. Die Stanfords wurden Zeuge, wie ihr geliebtes Kind vor ihren Augen ertrank. Sie konnten Ihre Tochter zwar aus dem Wasser bergen. Aber es war zu spät. Liz war bereits tot.

Der Zufall fügte es so, daß Helen Van Haalen mit ihrer Tochter Karen von den Stanfords aus dem Wasser in das Boot gezogen wurde, in dem sich niemand sonst befand. Doch während die kleine Karen, die den geliebten Stoffelefanten fest umklammert hielt, wie durch ein Wunder überlebte, starb Helen Van Haalen an einer schweren Verletzung, die sie sich beim Sprung vom sinkenden Schiff zugezogen hatte. Die ganze Nacht über verbrachten die Stanfords in diesem kleinen Rettungsboot. Sie waren verzweifelt. Liz war ihr einziges Kind gewesen, und Mrs. Stanford würde kein anderes mehr bekommen können. Und irgendwann in dieser Nacht beschlossen die Stanfords, Karen als ihr Kind anzunehmen und es als Liz auszugeben. Sie waren oftmals Zeuge gewesen, wie lieblos das Kind von seinen leiblichen Eltern behandelt worden war. Und Mrs. Van Haalen hatte nie Zweifel daran gelassen, daß ihr Mann mit einem Mädchen absolut nichts anzufangen wußte. Und so tauschten sie die Kleider der beiden Kinder, und Liz Stanford wurde in Bombay als Karen Van Haalen beigesetzt. Die Stanfords hatten gehofft, Peter Van Haalen würde den Leichnam nach San Francisco überführen lassen, so daß sie das Grab ihrer Tochter hätten besuchen können, doch Peter Van Haalen tat dies nicht.

Niemand schöpfte Verdacht, zumal sich die beiden ein wenig ähnlich sahen. Zudem herrschte ein heilloses Chaos. Die Stanfords verließen Bombay so schnell wie möglich... und Karen begann somit ein neues Leben."

„Und was war mit Ihnen und den Diamanten?" wollte McCoy wissen und blickte besorgt in den Rückspiegel. Welch ein Schock mußte das für Liz sein! Er sah sie stumm weinen.

Al Sheppard lachte trocken auf. „Ich war froh, daß ich mit dem Leben davongekommen war. Und die Diamanten schrieben wir als Verlust ab. Das Kapitel war abgeschlossen, scheinbar für immer. Peter Van Haalen heiratete bald wieder, adoptierte Henry und wurde von ihm dann vor zwei Jahren aus dem Geschäft gedrängt."

„Und Sie haben mit fliegenden Fahnen die Fronten gewechselt", stellte McCoy fest.

„Ich stehe nicht gern auf der Seite des Verlierers, McCoy", erwiderte Al Sheppard spöttisch.

„Welche Rolle spielte nun Earl Vernon?" brachte der Privatdetektiv ihn auf das Thema zurück.

„Sam Stanford muß in den letzten Jahren seines

Lebens Gewissensbisse bekommen haben. Immerhin war das, was er und seine Frau getan hatten, so etwas wie Kidnapping, und das schien ihn sehr belastet zu haben. Auf jeden Fall setzte er einen Brief auf, der an seine ‚Tochter' gerichtet war, und in dem er ihr alles erklärte. Er schrieb unter anderem, daß Liz ein Recht habe, zu erfahren, wer sie wirklich sei. Diesen Brief übergab er Earl Vernon, der ihn ihr ein Jahr nach dem Tod seines Freundes aushändigen sollte. Irgendwie muß Sam Stanford dem Anwalt gegenüber Andeutungen über den Inhalt gemacht haben, denn kurz vor dem Übergabetermin öffnete Vernon den Brief. Als er darin las, daß eigentlich Liz die rechtmäßige Erbin von *Diamond Enterprises* ist, sah er plötzlich einen Weg, um aus seinen finanziellen Schwierigkeiten herauszukommen. Earl Vernon nahm mit Henry Van Haalen Kontakt auf und bot ihm ein Geschäft an. Für eine halbe Million Dollar wollte er alle Beweise dafür, daß die wirkliche Karen Van Haalen noch lebt, Henry Van Haalen übergeben. Doch Henry Van Haalen traute dem Anwalt nicht. Er wollte jedes

Risiko ausschließen."

„Und Sie fädelten den Mord an Vernon ein!" sagte Mike McCoy grimmig.

„Ich stellte nur die Verbindungen her", erwiderte Al Sheppard achselzuckend. „Doch mich interessierte nicht die Sache mit der Erbfolge, sondern eine ganz bestimmte Stelle in dem Brief, in dem Sam Stanford auf ein Bankschließfach hinweist. Aus irgendwelchen sentimentalen Gründen hatte er die Kleider, die Karen – aus der dann Liz wurde – in jener Nacht trug, aufbewahrt und dort hinterlegt... und einen Stoffelefanten!"

„Mit den verlorengeglaubten Diamanten!" entfuhr es McCoy.

Al Sheppard lachte. „So ist es. Aber Henry Van Haalen weiß nichts davon. Und deshalb konnte ich auch nicht zulassen, daß die beiden Killer Sie und Miss Van Haalen umlegten, bevor ich nicht den Schlüssel hatte, den Earl Vernon dummerweise gesondert aufbewahrt hatte."

„Aber ich verstehe nicht, was Ralph Hutchinson mit der Sache zu tun hatte, und warum er sterben mußte", sagte McCoy. „Und weshalb haben Sie die beiden Killer dort im Blockhaus gefesselt zurückgelassen. Was ergibt das für einen Sinn?"

„Zuerst einmal zu Ralph Hutchinson, McCoy. In dem Brief steht, daß nur ein einziger die Vertauschung der Kinder bemerkte und sich für sein Schweigen mit fünfundsiebzigtausend Dollar bezahlen ließ, doch der Name dieses Mannes war nicht erwähnt. Sie waren es, der mich auf Ralph Hutchinsons Spur geführt hat, McCoy. Und was die beiden Killer betrifft, nun, sie müssen noch einen ganz besonderen Zweck erfüllen."

„Und der wäre?"

„Henry Van Haalen zu entlarven", erklärte Al Sheppard. „Ich werde den Bullen morgen, wenn ich den Elefanten mit den Diamanten aus dem Bankfach geholt habe, einen Tip geben. Sie haben keine Chance, der Mordanklage zu entkommen. Man wird ihnen auch den Mord an Earl Vernon nachweisen können und die Verbindung zu Henry Van Haalen. Dafür habe ich schon gesorgt."

Mike McCoy schüttelte verwundert den Kopf. „Aber damit liefern Sie sich doch selbst mit ans Messer! Vor allem, wenn Henry Van Haalen auspackt."

Der Gangster grinste breit. „Ich habe alles bis ins letzte durchgeplant, McCoy. Henry Van Haalen darf nicht ungeschoren davonkommen. Wenn das passiert, wird er seine Millionen in Bewegung setzen und mich jagen lassen. Und seine Macht und Entschlossenheit fürchte ich mehr als Interpol. Ich habe schon die nötigen Arrangements für eine verblüffende kosmetische Operation getroffen. Wenn ich die hinter mir habe, wird mich kein Mensch mehr erkennen, und die Diamanten werden mir irgendwo im Ausland ein neues, luxuriöses Leben ermöglichen. Sie sehen also, ich überlasse nichts dem Zufall."

„Aber woher um alles in der Welt wußten *Sie* von der Vertauschung der Kinder in jener Nacht? Sie waren doch nicht dabei", meinte Mike McCoy zweifelnd.

Al Sheppard lachte überheblich. „Von Henry Van Haalen! Er erzählte mir die ganze Geschichte, als Earl Vernon ihn damit zu erpressen drohte. Henry Van Haalen brauchte meinen Rat. Er glaubte, meiner völlig sicher zu sein. Henry Van Haalen weiß sehr viel über…, sagen wir einmal so, einige recht dunkle Punkte in meiner Vergangenheit."

„Er hatte Sie also in der Hand und konnte Sie mit seinem Wissen erpressen", stellte McCoy fest.

„So kann man es auch nennen", bestätigte Al Sheppard. „Henry Van Haalen beging den Fehler zu glauben, ich sei völlig von ihm und seinem Geld abhängig. Er ahnte nichts von den Diamanten. Und das war für ihn der Anfang vom Ende."

Einen Augenblick war nichts weiter zu hören als das leise, gleichmäßige Summen des Motors. McCoy bog von der Landstraße ab und fuhr bei Cisco auf den Interstate-Highway Nr. 80 Richtung Süden.

„Sie müssen zugeben, daß es ein genialer Plan ist", brach Al Sheppard das Schweigen mit einem ungeduldigen Unterton. Er erwartete offenbar Bewunderung.

„Ich würde ihn eher teuflisch nennen“, erwiderte McCoy und wünschte, er könnte sich um Liz kümmern.

„Das ist immer eine Sache des eigenen Standpunktes“, sagte der Gangster belustigt. „Zudem sind Sie nicht fair mir gegenüber. Ich habe nicht vor, Ihnen oder Miss Van Haalen ein Haar zu krümmen. Im Gegenteil, ich sorge sogar noch dafür, daß sie später in der Lage sein wird, ihr rechtmäßiges Erbe anzutreten.“

„Ja, weil Sie Henry Van Haalen ausgeschaltet wissen möchten, und nur deshalb. Mein Gott, spielen Sie nicht den Menschenfreund, Sheppard!“ explodierte Mike McCoy. Er konnte sich einfach nicht länger zurückhalten. „Sie haben genausoviel Blut an den Händen wie die beiden Killer, auch wenn Sie keine Kugel abgefeuert haben.“

„Schnauze, Mann!“ schrie Al Sheppard wutentbrannt, beugte sich vor und verpaßte ihm einen schmerzhaften Hieb mit dem Revolverlauf. „Bis jetzt hatte ich vorgehabt, Sie zusammen mit Karen Van Haalen laufenzulassen, McCoy. Aber ich kann mich auch noch anders entscheiden. Also reizen Sie mich nicht!"

Mike McCoy unterdrückte ein Stöhnen, als sich ein feuriger Schmerz zwischen seinen Schulterblättern ausbreitete. Er ruckte unwillkürlich am Steuer, und der Cadillac schlingerte über die Straße.

„Verdammt, passen Sie auf!" fauchte Sheppard ihn an. „Halten Sie den Wegen in der Spur. Und ich warne Sie noch einmal! Beachten Sie gefälligst die Verkehrsvorschriften und fahren Sie nicht schneller als fünfzig Meilen, wenn Ihnen Ihrer beider Leben etwas wert ist!"

McCoy preßte die Lippen zusammen und starrte hinaus in die Nacht. Hinter sich hörte er Liz schluchzen, und noch nie zuvor in seinem Leben hatte er sich so niedergeschlagen und entmutigt gefühlt wie in diesem Moment. Diese Nacht war wie ein schrecklicher Alptraum.

Gesucht: schwarzer Cadillac, Kennzeichen ATW-390

Lucky rieb sich unruhig das Kinn und blickte besorgt zu den beiden Streifenwagen und dem zivilen Einsatzwagen der Polizei hinüber, die mit laufenden Motoren auf einem Rastplatz an der Interstate 80 Richtung Süden standen. Sie befanden sich kurz vor Vacaville, das auf halber Strekke zwischen Sacramento und San Francisco liegt.

„Himmelherrgott, ich bin bestimmt der letzte, der etwas gegen ein Glücksspiel hat", brummte Lucky. „Aber das hier kann ganz böse ins Auge gehen!"

„Das ist kein Glücksspiel!" widersprach Jenny ihm heftig. „Und es war richtig, daß wir Sergeant Austin alarmiert haben."

Sergeant Larry Austin hockte schwitzend und fluchend im zivilen Einsatzwagen und knurrte einen kurzen Befehl in das Handmikrofon des im Wagen eingebauten Sprechfunkgerätes, als Jenny und Lucky zu ihm herüberkamen.

„Irgend etwas Neues?“ fragte Jenny erwartungsvoll, als sich der Sergeant aus dem Sitz stemmte.

„Nichts, absolut nichts!“ brummte Austin und starrte sie mit finsterem Gesichtsausdruck an. „Und allmählich bekomme ich das verdammt unangenehme Gefühl, daß Sie einen mächtig großen Fehler gemacht haben, Lady!“

„Das glaube ich nicht!“ erwiderte Jenny energisch. „Mike hat versprochen, mich von Hutchinson anzurufen, Sergeant. Und es ist nicht seine Art, solch ein Versprechen nicht zu halten. Er weiß, daß wir uns Sorgen machen. Nein, er muß in Schwierigkeiten stecken.“

„Schwierigkeiten!“ wiederholte Larry Austin barsch. „McCoy steckt ständig in Schwierigkeiten, Miss Blake, was aber gar nicht mal so schlimm wäre, wenn er dadurch nicht auch mir andauernd Schwierigkeiten machen würde mit seinen Extratouren. Und da wir gerade von Schwierigkeiten sprechen, will ich Ihnen noch etwas prophezeien: Wenn sich diese Aktion als völlig unnötig erweist, bekomme ich den Ärger meines Lebens. Und das ist gleichbedeutend mit dem Ärger *Ihres* Lebens!“

„Nun holen Sie mal Luft, Sergeant“, mischte sich Lucky ein, als sich Austin so erregte. „Wir haben Sie nicht aus Jux und Tollerei alarmiert, sondern weil wirklich etwas faul ist.“

Jenny nickte. „Ich habe bei diesem Ralph Hutchinson anzurufen versucht, doch seine Leitung ist tot. Und die Telefongesellschaft kann sich das Ganze auch nicht erklären. Hutchinson ist unter der Nummer eingetragen und...“

„Ich weiß, ich weiß“, unterbrach Sergeant Austin sie unwillig. „Ich habe Sheriff Thompson schon gebeten, im Weed Valley, wo dieser Hutchinson lebt, nachzusehen, was an der Sache dran ist. Ich hoffe, er meldet sich bald. Aber das kann ich ja noch verdauen, Miss Blake. Doch daß Sie mich gedrängt haben, nach McCoys verdammtem Cadillac hier auf der Interstate 80 zwischen Sacramento und Frisco zu fahnden, kann sich als böser Bumerang erweisen. Zehn Streifenwagen sind im Einsatz. Ich habe zudem die Polizei in

Vacaville um Amtshilfe gebeten. Die Burschen unterstützen uns mit ihrer starken Sendeanlage. Und außerdem haben wir diese verdammte Suchmeldung auch noch über den normalen CB-Funk gegeben. Und wissen Sie, was das bedeutet?"

„Daß Hunderte von Truckern nach Mikes Wagen Ausschau halten und wir ihn bestimmt nicht verpassen werden, wenn er irgendwo auftaucht", antwortete Lucky.

Sergeant Austin schnaubte. „Ja, wenn. Aber wissen Sie, wer noch mithört? Die verdammte Presse! Die Burschen liegen doch jetzt schon auf der Lauer und riechen eine irre Story. Und was, glauben Sie, wird passieren, wenn sich dieser ganze Aufwand als großer Flop erweist, he? Es wird eine Riesenstory in der Presse geben, und das kann das Ende meiner Karriere bedeuten!" erregte sich Austin.

„Von welcher Karriere spricht er?" fragte Lukky leise.

Glücklicherweise bekam Austin das nicht mit. „Dann kann ich wieder raus auf die Straße und den Verkehr regeln, wenn irgendwo die Ampeln ausfallen. Aber ich verspreche Ihnen, Sie sind dann auch reif... und McCoy auch..., mal ganz abgesehen von den Kosten, die wir Ihnen allen aufs Auge drücken werden."

„Der Bursche hat den Slogan ‚Die Polizei – dein Freund und Helfer' sicherlich nicht erfunden", meinte Lucky, als Austin erbost neben seinem Wagen auf und ab ging und wütend auf seiner kalten Zigarre kaute. „Der macht seine Drohung wahr, Jenny!"

„Jetzt mal nicht auch du noch den Teufel an die Wand!" erwiderte Jenny beklommen, denn allmählich hatten Lucky und Sergeant Austin sie schon so sehr verunsichert, daß sie nun selbst an der Richtigkeit ihres Handelns zu zweifeln begann. Hatte Mike vielleicht doch bloß vergessen, daß er ihr versprochen hatte, sie anzurufen und auf dem laufenden zu halten?

Die knurrige Stimme des Sergeants riß sie aus ihren düsteren Gedankengängen. „Schon wieder ein Footballspiel, das ich verpasse, während ich hier sinnlos herumtigere und mich zum Narren mache!"

„Tja, das Leben ist wie eine Hühnerleiter...", begann Lucky gedankenlos.

„Mann, wollen Sie mich vielleicht auch noch auf den Arm nehmen!" brauste Austin mit hochrotem Kopf auf. Die dicke Zigarre zwischen seinen Zähnen war wie der Lauf einer Waffe auf Lucky gerichtet.

Erschrocken fuhr Lucky zusammen. „Wie könnte ich auf solch einen vermessenen Gedanken kommen, Sergeant!" versicherte er. „Ich wollte wirklich nicht anzüglich werden." Und im stillen fügte er hinzu: *Bei deinem Gewicht, mein Lieber, müßte man schon Weltmeister im Schwergewichtsheben sein!*

„Das will ich Ihnen auch geraten haben!" blaffte Austin.

„Ich glaube, Sie werden über Funk verlangt", machte Jenny ihn auf die Durchsage aufmerksam, die über sein Funkgerät kam.

„Ich bin ja nicht taub", brummte Larry Austin, sackte in den Fahrersitz und bat um Wiederholung der Meldung. Lucky und Jenny standen neben ihm an der offenen Wagentür.

„Hier Sheriff Thompson“, meldete sich eine gedehnte Stimme. „Ich bin hier bei Hutchinson im Weed Valley. Verdammt, ist das eine Schweinerei.“

„Wovon sprechen Sie, Sheriff?“ fragte Austin.

„Dieser Ralph Hutchinson ist ermordet worden, Austin. Ein sauberer Kopfschuß. Aber das ist noch nicht alles. Wir haben hier noch zwei maskierte Burschen gefunden – und die Mordwaffe! Die beiden Männer waren gefesselt und behaupten, mit dem Mord nichts zu tun zu haben. Aber das halte ich für äußerst unwahrscheinlich. Es sieht mehr danach aus, als hätten sie diesen Hutchinson auf dem Gewissen. Obwohl es mir ein verdammtes Rätsel ist, wer die beiden mutmaßlichen Killer so verschnürt hat. Woher wußten Sie überhaupt, daß hier ein Verbrechen begangen worden ist, Kollege?“

Larry Austin starrte ungläubig auf die erleuchtete Skala seines Funkgerätes, als könne er nicht glauben, was ihm Sheriff Thompson soeben mitgeteilt hatte.

„Austin? Empfangen Sie mich?“

Der Sergeant löste sich aus dem Bann der Überraschung. „Ja, klar und deutlich, Sheriff. Äh… bekam einen heißen Tip, Thompson."

„Sieh an, sieh an", murmelte Lucky und überspielte seine Betroffenheit. „Aus unserem ‚mächtig großen Fehler' ist nun ein heißer Tip geworden."

„Ist irgendwo eine Spur von Mike?" wandte sich Jenny bleich und aufgeregt an Austin.

Der Sergeant gab die Frage an Thompson weiter, doch dieser wußte vorerst nichts weiter zu melden und schaltete sich ab.

„Ich habe also doch recht gehabt!" stieß Jenny hervor und wünschte plötzlich, sich geirrt zu haben. „Das kann nur bedeuten, daß Mike…"

„Ich weiß, was das zu bedeuten hat", fiel Sergeant Austin ihr ins Wort und stellte hastig eine neue Frequenz ein. Er griff zum Mikrofon. „Hier Sergeant Austin… Austin an alle Einheiten! Der Verdacht eines Verbrechens hat sich bestätigt! Ich wiederhole noch einmal: Gesucht wird ein schwarzer Cadillac Sportausführung mit weißem Dach. Der Wagen trägt das kalifornische

Kennzeichen ATW-390. Es wird vermutet, daß sich der Wagen auf der Strecke zwischen Sacramento und San Francisco befindet. Wenn Sie ihn sichten, vermeiden Sie alles, was dazu führen könnte, die Aufmerksamkeit der Insassen zu erregen! Es muß davon ausgegangen werden, daß sich in dem Wagen ein oder mehrere bewaffnete Gangster befinden. Machen Sie Meldung und folgen Sie dem Wagen mit gebotenem Sicherheitsabstand. Ich wiederhole, unternehmen Sie nichts!"

Nachdem die Einheiten, die unter Larry Austins Kommando standen, die Durchsage bestätigt hatten, gab der Sergeant eine fast gleichlautende Suchmeldung über den privaten CB-Funk durch, unterstützt von der starken Sendeanlage des Polizeihauptquartiers in Fairfield und Vacaville.

„McCoy hätte zuerst zu mir kommen sollen", meinte er dann versöhnlich und schob das Handmikro in die Halterung am Armaturenbrett. „Dann hätten wir uns diese nächtliche Aufregung vermutlich ersparen können."

„Was werden Sie tun, falls man den Wagen

sichtet?" wollte Jenny wissen.

„Ich werde den Wagen zu stoppen versuchen, ohne dabei das Mißtrauen der Insassen zu erregen", erklärte Austin.

„Und wie wollen Sie den Wagen zum Halten bringen?" fragte Lucky skeptisch. „Vielleicht mit Blaulicht und Straßensperren?"

„Nein, mit einer Kugel!"

Unkraut vergeht nicht

Das schillernde Lichtermeer von Sacramento fiel schnell hinter ihnen zurück und verblaßte von Meile zu Meile mehr, bis dann das Dunkel der Nacht wieder vorherrschte.

Noch 16 Meilen bis Fairfield, las Mike McCoy auf einem Schild, das kurz im gebündelten Licht der Scheinwerfer am rechten Rand des Highways auftauchte und Augenblicke später wieder in der Dunkelheit verschwand.

Die letzte Stunde war schrecklich langsam vergangen, was wohl auch an dem nervzehrenden Schweigen lag, das im Wageninneren herrschte. Mehrfach hatte McCoy versucht, Al Sheppard wieder in ein Gespräch zu verwickeln. Doch der Gangster hatte sein Bedürfnis, zu reden und zu prahlen, offenbar gänzlich befriedigt und ihm unmißverständlich zu verstehen gegeben, daß er den Mund halten und sich auf den Verkehr konzentrieren solle.

Al Sheppard hielt das buchstäblich durchschlagkräftigere Argument in der Hand, und so hatte der Privatdetektiv seine Bemühungen aufgegeben.

Mit monotonen 50 Meilen pro Stunde steuerte McCoy den Caddy über die Interstate 80, während seine Gedanken eigene Wege gingen. Doch plötzlich, als er wieder einmal in den Rückspiegel schaute, stutzte er. Schon seit gut zehn Minuten hatte ihn nicht ein einziger Wagen oder Truck überholt, was bei seiner gedrosselten Geschwindigkeit ungewöhnlich war. Aber auch hinter ihm fuhr kein Auto. Nicht ein einziges Lichterpaar war zu sehen. Wie ausgestorben lag der Highway hinter ihm, während drüben auf der anderen

Seite der Fahrbahn, jenseits des breiten Mittelstreifens aus grünem Rasen und Büschen, der Verkehr mit natürlicher Dichte floß. Es erschien ihm merkwürdig, daß er auf seiner Seite weit und breit der einzige war, der Richtung San Francisco unterwegs war.

Augenblicke später bemerkte er zwei Lichtpunkte im Rückspiegel. Der Wagen kam schnell näher, ging dann aber, als er etwa eine halbe Meile hinter dem Cadillac lag, wieder mit der Geschwindigkeit herunter und hielt den Abstand.

Mike McCoy war auf einmal hellwach. Sein sechster Sinn sagte ihm, daß da draußen irgend etwas vor sich ging. Er wußte nicht, was es war, doch etwas bahnte sich an!

Der Privatdetektiv musterte den Gangster im Rückspiegel, während rechter Hand ein scheinbar ausgestorbener Rastplatz vorbeiflog. Al Sheppard schien mit seinen Gedanken weit weg zu sein, doch er war alles andere als schläfrig.

Plötzlich übertönte ein dumpfer Knall das gleichmäßige Summen des Motors und das

Rauschen des Fahrtwindes. Und im selben Augenblick ruckte das Steuer wild in McCoys Händen, während der Wagen auszubrechen drohte.

„Zum Teufel, was machen Sie da!“ schrie Al Sheppard und beugte sich mit dem Revolver in der Hand zu dem Privatdetektiv vor. Er stieß ihm die Mündung der Waffe in den Nacken. „Machen Sie bloß keine Dummheiten, McCoy!“

„Fuchteln Sie nicht so hysterisch mit der Knarre herum!“ erwiderte McCoy grimmig und trat auf die Bremse. „Wir haben eine Reifenpanne! Hören Sie das denn nicht?“

Ein helles, hohes Zischen war zu vernehmen. Das Geräusch von jäh ausströmender Luft, die unter hohem Druck stand.

„Mist!“ fluchte Al Sheppard. „Das hat uns gerade noch gefehlt. Ein Platten... Mann, konnten Sie denn nicht aufpassen, worüber Sie fahren!“

„Sehr witzig, Sheppard!“ entgegnete McCoy und tat so, als ob er sich über diesen Vorwurf ärgern würde. „Sie müssen schon Augen wie ’n Fernglas haben, wenn Sie einer Glasscherbe oder einem rostigen Nagel auf dem Highway ausweichen wollen..., und das auch nur am hellichten Tag!" Er lenkte den Wagen auf den rechten Randstreifen und ließ ihn ausrollen.

„Machen Sie sich keine falschen Hoffnungen, McCoy!" knurrte der Gangster. „Sie werden hübsch den Reifen wechseln, während Ihre millionenschwere Klientin hier im Wagen bleibt. Ich steige mit Ihnen aus. Und vergessen Sie nicht, daß der Revolver immer auf Sie gerichtet sein wird! Geben Sie mir jetzt die Wagenschlüssel."

McCoy stellte den Motor ab und reichte ihm die Schlüssel, während Al Sheppard mit einer Hand den Beifahrersitz nach vorn klappte und die Tür an seiner Seite öffnete.

„Und jetzt steigen Sie aus!" befahl der Gangster, als er aus dem Wagen war.

Als McCoy nun ausstieg, näherte sich ihnen ein grauer Lieferwagen. Es mußte der Wagen sein, den McCoy im Rückspiegel erblickt hatte und der ihnen gefolgt war. Er schien vorbeifahren zu wollen, doch als er auf ihrer Höhe war, leuchteten die Bremslichter auf. Der Lieferwagen kam mit quietschenden Reifen zum Stehen, setzte zurück und parkte mit eingeschalteter Warnblinkanlage ein Stück hinter dem Cadillac.

Al Sheppard preßte unwillig die Lippen zusammen. Dann ließ er den Revolver in seiner Jackentasche verschwinden und raunte McCoy zu: „Sehen Sie zu, daß der Kerl verschwindet. Wimmeln Sie ihn ab! Und vergessen Sie nicht: Ich mache kurzen Prozeß mit Ihnen und dem Burschen, falls Sie Tricks versuchen."

„Bin nicht lebensmüde", erwiderte McCoy. „Außerdem will ich noch mein Honorar abkassieren."

„Dann los!" zischte Sheppard. „Sagen Sie ihm, daß er weiterfahren kann!"

Der Privatdetektiv ging auf den Lieferwagen zu, aus dem ein untersetzter, dicker Mann stieg. Irgendwie kam er ihm bekannt vor.

„Hab gesehen, was Ihnen gerade passiert ist, Mister!" sagte der Dicke mit jovialer Stimme, und McCoy wäre fast ein Laut der Überraschung über die Lippen gekommen, als er die Stimme hörte.

Es war Sergeant Austin!

In Zivil!

Und in dem Moment wußte McCoy, daß weder die ausgestorbene Straße hinter ihnen noch der platte Reifen Zufall gewesen waren. Vermutlich hatte ein Scharfschütze mit Infrarotzielfernrohr für den Plattfuß gesorgt, oder aber Austin hatte die Strecke präparieren lassen.

„Danke, aber wir kommen schon zurecht", erklärte McCoy und fragte sich, wo der Sergeant seine Männer postiert hatte.

Austin kam näher. „Ach was, Sie sehen ganz so aus, als könnten Sie die Hilfe eines echten Fachmannes gebrauchen", meinte er zweideutig.

„Haben Sie nicht gehört, was Ihnen mein Freund gesagt hat?" herrschte Al Sheppard den Sergeant an, der einen Montageoverall und darüber eine leichte, helle Sommerjacke trug.

Larry Austin schien sich von dem barschen Tonfall nicht im mindesten beeindrucken zu lassen. „Das Footballspiel ist sowieso schon gelaufen. Ich hab also keine Eile. Außerdem sehen Sie nicht so aus, als könnten Sie die Karre hier allein aus dem Dreck ziehen", sagte er zu dem Gangster, doch McCoy wußte, daß die Worte des Sergeants ihm galten. Ganz besonders der Hinweis auf das Footballspiel, das er wieder einmal seinetwegen verpaßt hatte.

„Verschwinden Sie, Mann!" bellte Al Sheppard sichtlich nervös über die Penetranz des Dicken. „Wir haben Sie nicht um Ihre Hilfe gebeten!"

Sergeant Austin war nur noch drei Schritte vom Gangster entfernt. Er zog seine Jacke aus. „Hier, halten Sie die, damit wir zupacken können", sagte er grinsend und schien ihm die Jacke reichen zu wollen.

Bevor Al Sheppard reagieren konnte, schlug Sergeant Austin ihm die Jacke plötzlich vors Gesicht, während er ihm gleichzeitig die linke Faust mit voller Wucht in den Magen rammte und McCoy zuschrie: „Deckung!"

Der Privatdetektiv hätte sich auch ohne diese Warnung zur Seite geworfen, um aus dem Schußbereich des Revolvers zu kommen.

Al Sheppard schrie auf und klappte wie ein Taschenmesser zusammen. Unwillkürlich krümmte er den Finger um den Abzug der Waffe, und der Schuß löste sich. Die Kugel fetzte durch die Tasche. Und da Al Sheppard in diesem Moment aufgrund des Faustschlages nach vorn gebeugt stand, durchschlug das Geschoß seinen Schuh und traf seinen Fuß. Der Schmerz ließ ihn laut aufbrüllen und erstickte jeden Willen zum Widerstand in ihm.

Zur selben Zeit stürzten uniformierte Polizisten mit gezogenen Revolvern aus den umliegenden Büschen. Grelle Stabtaschenlampen leuchteten auf, und zwei Streifenwagen mit eingeschalteter Sirene und Blaulicht schossen aus einem Waldweg und stellten sich quer auf den Highway. Es wimmelte plötzlich von Polizisten in Uniform und Zivil.

Mike McCoy richtete sich auf, klopfte sich den Dreck von der Hose und grinste Larry Austin, der dem verwundeten, wimmernden Gangster mittlerweile Handschellen angelegt und ihn in die Obhut zweier Beamter gegeben hatte, ein wenig verlegen an. Er war unsagbar erleichtert, daß dieser schreckliche Alptraum ein schnelles und gutes Ende gefunden hatte. Und er wußte nicht so recht, wie er sich bei Austin bedanken sollte.

„Das war die erfreulichste Reifenpanne meines Lebens, Sergeant. Sie haben das phantastisch hingekriegt. Danke", sagte er schließlich und streckte ihm die Hand hin.

„Ich bin immer phantastisch, wenn ich mich über ein verpaßtes Footballspiel ärgere, McCoy", erwiderte der Sergeant brummig, wies die Hand des Privatdetektivs jedoch nicht zurück. Und für einen Moment zuckte ein zufriedenes Lächeln um seinen Mund.

Bevor McCoy etwas darauf erwidern konnte, sah er Jenny und Lucky aus einem dritten Streifenwagen springen, der soeben neben dem Cadillac gehalten hatte.

„Mike!" rief Jenny, als fiele ihr das gesamte Gebirge der Sierra Nevada vom Herzen. Sie lief zu ihm hinüber und fiel ihm spontan um den Hals. „Bist du in Ordnung?"

„Was für eine Frage! Typisch Frau!" machte sich Lucky neben ihnen bemerkbar und schüttelte, scheinbar die Gelassenheit in Person, den Kopf. „Was hätte schon mit Mike nicht in Ordnung sein sollen? Unkraut vergeht nicht."

„Es ist alles okay, Jenny", sagte McCoy lächelnd und bedauerte, daß sie sich so schnell wieder von ihm löste. Manchmal hatte er so Gedanken und Gefühle, die...

Nun kam auch Liz dazu und wurde von Jenny und Lucky freudig begrüßt.

„Erlauben die Herrschaften, daß ich das traute Wiedersehen vorübergehend störe?" fragte Sergeant Austin sarkastisch. Er war wieder ganz der Alte.

McCoy hob die Augenbrauen. „Ja?"

„Ich denke, es gibt noch eine Menge zu besprechen, McCoy", sagte Larry Austin in einem Tonfall, der erkennen ließ, daß er noch ein Hühnchen mit ihm zu rupfen gedachte. „Ich schlage deshalb vor, Sie kommen mit mir zurück nach San Francisco und bewundern den Sonnenaufgang von meinem Bürozimmer aus!"

„Gerne, doch ohne Kaffee stehe ich solch ein Plauderstündchen in Ihrem gemütlichen Büro nicht durch“, erwiderte McCoy, der sich im Augenblick nichts Schlimmeres vorstellen konnte, als auf einem von Austins harten Stühlen stundenlang ins Gebet genommen zu werden. „Und wenn ich mich recht erinnere, sagten Sie gestern zu mir, Ihre Kaffeemaschine leide unter schweren asthmatischen Anfällen. Verschieben wir das Gespräch doch besser auf morgen. Dann bringe ich auch eine große Thermoskanne mit.“

„Die Thermoskanne können Sie sich sparen“, sagte Austin unerbittlich. „Und was meine Kaffeemaschine betrifft, so habe ich seit heute eine brandneue. Und sie wird die ganze Nacht laufen, McCoy! Und nun steigen Sie ein!“

McCoy seufzte resigniert. „Wenn das so ist, kann ich Ihrer reizenden Einladung natürlich nicht widerstehen, Sergeant. Aber haben Sie auch bedacht, wieviel Kaffee Sie in einer ganzen Nacht...“

„Einsteigen, McCoy!“

Lucky – der Alptraum von Las Vegas

Lucky war ganz in seinem Element. Er nahm die Champagnerflasche aus dem Eiskübel, der auf dem Sonnendeck der *Titanic* neben einem von Unkraut überwucherten Blumenkasten stand, schüttelte sie einmal kräftig und ließ den Korken mit einem lauten Knall in den blauen Nachmittagshimmel schießen.

Texas fuhr erschrocken zusammen und sprang kreischend auf McCoys Schoß. Jenny und Lucky lachten ausgelassen, und McCoy kraulte das Äffchen beruhigend.

„Hoch die Kelche und runter mit dem Gesöff!" rief Lucky, nachdem er die drei Gläser schwungvoll gefüllt hatte. „Auf das unrühmliche Ende von Henry Van Haalen und seinen Handlangern!"

„Und auf eine glückliche Zukunft von Karen Van Haalen alias Liz Stanford!" brachte Jenny ihren Toast aus.

„Halt! Noch ein Toast!" rief Lucky, als sie zu den Gläsern griffen. „Auf die glorreichen drei – wenn ihr mir diese bescheidene Würdigung unserer werten Persönlichkeiten gestattet!"

Sie stießen an und tranken.

Über drei Wochen waren inzwischen vergangen. Sergeant Austin hatte Henry Van Haalen noch in derselben Nacht verhaften lassen. Al Sheppard war voll geständig. Er hatte sich bereit erklärt, den Kronzeugen der Anklage zu machen, um seine eigene Haut zu retten. Damit war das Schicksal von Henry Van Haalen und von Bratt und Archie besiegelt. Die Beweise waren erdrückend.

„So, jetzt erzähl endlich, wie es Liz geht", drängte Jenny den Privatdetektiv. Sie gebrauchte noch immer diesen Namen, weil sie sich einfach nicht an Karen Van Haalen gewöhnen konnte. Liz hatte einen Nervenzusammenbruch erlitten und war in ein privates Sanatorium eingeliefert worden.

„Sie hat die Krise mittlerweile gut überstanden", berichtete McCoy, der sie an diesem Nachmittag besucht hatte. „Es war wirklich ein schwerer Schock für sie, aber sie hat sich gefangen. Morgen wird sie entlassen. Sie läßt euch alle ganz herzlich grüßen und wird uns demnächst besuchen kommen."

„Von dem Gurgelwasser kann sie ohne Bedenken noch mehr anschleppen", meinte Lucky und deutete auf die Champagnerflasche, die ein Geschenk von ihr war. „Könnte direkt zu meiner Hausmarke werden."

Mike McCoy schmunzelte. „Liz ist eine wirklich außergewöhnliche und zudem noch sehr großzügige Frau", sagte er und zog eine kleine längliche Schmuckschatulle hervor. „Sie hat mir das heute mitgegeben. Es enthält für jeden von uns ein ganz besonderes Geschenk."

„Himmel, spann uns nicht auf die Folter", stieß Lucky aufgeregt hervor. „Hoch mit dem Deckel!"

McCoy klappte das Kästchen auf.

Jenny und Lucky stießen Laute ungläubigen Erstaunens aus und starrten mit weit aufgerissenen Augen in die Schatulle.

Drei herrlich geschliffene Diamanten, ein jeder

etwa erbsengroß, funkelten auf der blauen Samtauslage.

„Mich trifft der Schlag!“ murmelte Lucky.

„Hier, der ist für dich“, erklärte McCoy und reichte ihm den Stein, der ganz rechts außen lag. Andächtig nahm Lucky ihn entgegen und hielt ihn mit Daumen und Zeigefinger.

Jenny war gleichfalls hingerissen. „Die Steine müssen ein kleines Vermögen wert sein“, meinte sie verwirrt.

„Ich schätze mindestens zehntausend Dollar pro Stück“, sagte McCoy. Er wußte schon, wofür er das Geld verwenden würde. Die *Titanic* benötigte dringend eine Generalüberholung sowie eine neue Klimaanlage. Und vom Rest des Geldes würde er sich vielleicht ein richtiges Büro mieten können. Zumindest hatte er dafür nun das Startkapital.

„Das hier ist mein neuer Wagen und die Kameraausrüstung, die ich mir schon immer gewünscht habe“, erklärte Jenny strahlend.

„Und was hast du vor?“ fragte McCoy seinen Freund Lucky.

Lucky warf sich in die Brust. Und seine Augen

funkelten fast so wie der Diamant zwischen seinen Fingern. „Freunde, ihr seid Zeugen eines wahrlich historischen Augenblicks!" verkündete er. „Das hier ist der Bankrott der legendären Spielerstadt Las Vegas!"

Jenny runzelte die Stirn. „He, Lucky! Bekommt dir die Sonne nicht, oder ist dir der Schampus in den Kopf gestiegen?"

„Ha, auf diese Chance habe ich gewartet, seit Jahren schon!" sprudelte Lucky hervor. „Ich besitze das Konzept für ein irres Spielsystem, mit dem ich das größte Spielcasino von Las Vegas trockenlegen werde..."

„Lucky!" rief McCoy.

Aber Lucky war nicht zu bremsen. „... doch bisher habe ich nie das nötige Startkapital für solch einen Coup gehabt. Aber jetzt hält mich nichts mehr. Ihr könnt euch bei mir beteiligen. Ich mache euch an einem Wochenende zu Millionären! Himmel, man wird mich ‚Lucky, der Alptraum von Las Vegas' nennen, wenn ich abgesahnt habe!"

Lucky war so in Fahrt, daß er gar nicht

bemerkte, wie Texas von McCoys Schoß hüpfte, mit einem Satz bei ihm war und sich mit einer flinken Bewegung den Diamanten schnappte, der in seiner Hand so verführerisch gefunkelt hatte.

„He, Tex!" schrie Lucky entsetzt auf. „Her mit dem Stein, du Affe!"

Doch Texas dachte gar nicht daran, seine glitzernde Beute wieder herzugeben. Geschickt wich er Luckys Griff aus und rannte über das Deck, kletterte die Leiter hinunter und jagte davon. Lucky folgte ihm, so schnell er konnte.

„Hiergeblieben! ... Gib den Stein zurück! ... Tex! ... Du hältst das Ende von Las Vegas in deiner verdammten Affenklaue!" brüllte er, während er Texas über die Stege nachjagte.

„Mein Gott, wir müssen etwas unternehmen, um Tex einzufangen!" meinte Jenny betroffen. „Das sind zehntausend Dollar, mit denen er da herumspielt. Was ist, wenn er den Stein fallen läßt? In dem Schlamm der Bucht finden wir ihn nie wieder."

Mike McCoy lächelte nur hintergründig. „Entspann dich, genieße den Champagner, und laß den guten Lucky ruhig Blut und Wasser schwitzen."

Jenny runzelte die Stirn. „Mike, wie kannst du nur so gelassen zusehen..."

„Ich habe geahnt, daß Lucky wieder auf solch eine dumme Idee kommen würde", fiel der Privatdetektiv ihr sanft ins Wort. „Deshalb habe ich den echten Diamanten vorsorglich durch eine billige Kaufhausimitation ersetzt. Wenn Tex ihn verliert, sinken fünfzig Dollar auf den Grund der Bucht. Und soviel ist mir der Spaß allemal wert."

Jenny sah ihn einen Augenblick sprachlos an und brach dann in ein erleichtertes, schallendes Gelächter aus, während vom anderen Ende der Hausbootkolonie Luckys Stimme zu ihnen herüberdrang, bettelnd, fluchend und befehlend: „Sei ein liebes Äffchen... Ja, so ist recht... Noch ein Stück näher... komm zum Onkel... Verdammt! Jetzt reicht es mir aber langsam. Tex... Bleib stehen!... Wenn ich dich zu fassen kriege, tausche ich dich in Las Vegas für eine Handvoll Chips ein!"

McCoy und Jenny prosteten sich lachend zu. „Auf Luckys historischen Augenblick!"